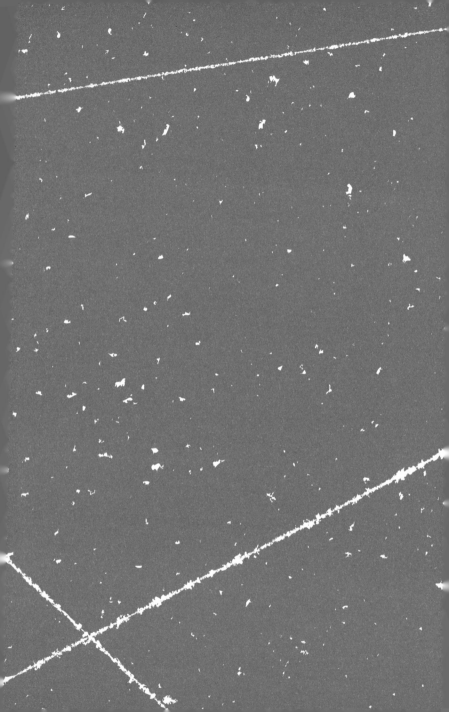

マスケットガールズ！～転生参謀と戦列乙女たち～ 3

第58話　突き立てられた中指

影武者リコシェはミルドール領からの帰り道、馬車から山脈を眺めていた。

あの山脈の麓に第六特務旅団の司令部がある。アルツァー大佐たちとは目と鼻の先だ。

(御者に命じて、あそこに寄り道するぐらいは造作もない……)

ここにいる「リトレイユ公」が影武者であることは御者や侍女たちすら知らない。護衛の騎兵たちも知らないだろう。

リトレイユ公が先代当主や実弟の排除を目論《もくろ》んでいること、そのために去勢薬を調達したことをアルツァー大佐に伝えなければならない。

普段は決められた屋敷から出ることすら許されない身だが、今ならば自由だ。

(リトレイユ公は急に違う命令を与えることがよくあるし、予定にない行動も多い。怪しまれる心配はないはず)

そう思ったリコシェは、御者に命令を与えるために側仕《そばづか》えの侍女に声をかけた。

「馬車を……」

だがそのとき、リコシェは大事なことを思い出した。

(最も優先すべきは、私が裏切り者だと気づかれないことでは?)

ほんのわずかな油断も隙も、リトレイユ公相手では命取りになる。それは他の影武者たちが身をもって証明してくれた。

（リトレイユ公は猜疑心《さいぎしん》が強い。後で申し開きができないようなことは、絶対にしてはいけない）

ふと見ると侍女が怪訝《けげん》そうな顔でこちらを見ている。

「あの、どうかなさいましたか？」

「いえ、馬車をもう少し丁寧に御するよう命じようかと思ったのですが、きっと道が悪いのでしょう。あれこれ口出ししては御者も仕事がやりにくいというものです」

澄ました顔でそう答えると、侍女が感心したように深くうなずいた。

「なんという優しいお心遣い……。感動いたしました」

（それ、「本物」の前では言わない方がいいですよ。あの方は下々の者の気持ちになど興味ありませんから）

内心で侍女の身を案じつつも、影武者は穏やかに微笑《ほほえ》む。

「お前も長旅で疲れたでしょう。よく働いてくれましたね」

「い、いえ、そんな……」

目の前の相手が同じ平民だとは知らず、侍女はすっかり恐縮している様子だ。この謙虚さなら生き延びられるかもしれない。他人事《ひとごと》ではないが侍女の無事を祈る。

（私も気をつけなくては……）

次第に遠ざかる山々を見送りながら、リコシェは気を引き締めた。

今日もロズが俺の部屋にコーヒーを飲みに来る。

「嫁さんの実家から連絡が来た。義父上《ちちうえ》が泳がせている裏切り者が、どうやらリトレイユ公と会っていたらしい。本人が来るとは驚きだが」

それ影武者だよ。この時期に本人がミルドール領に来るはずがない。危険だからな。

でもこれはロズにも秘密だ。いずれ明かすことにはなると思うが、今はまだ危険すぎる。どこに内通者がいるかわからないからな。

まあでもリコシェが無事なようでホッとした。彼女が妙な動きをすれば、リトレイユ公はすぐに気づくだろう。猜疑心だけはやたらと強いらしいし。

するとロズが俺をじっと見る。

「何か知っている顔だな？」

「こんなところで査問会を開くな。参謀だから知っている機密は多い」

俺は勘の良い同僚を適当にいなしつつ、今後のことを考える。

「リトレイユ公はミルドール家が帝国から離反することに気づいただろう。帝国の未来を考えるなら何としてでも翻意させなければならない問題だが、彼女にとって帝国の未来など大した問題じゃない」

ロズが苦笑する。

「凄《すさ》まじい女傑だな。ある意味、尊敬に値するよ」

「同感だな」

彼女は自分の利益のためなら帝国が崩壊しても構わないと思っている。ただし、帝国が崩壊すれば彼女の利益も損なわれる。

となると彼女が次にどう出てくるか。

「リトレイユ公は敵を作って攻撃することで動乱を起こし、その渦中で利益を得る。そのやり方を踏襲するだろうから、ミルドール家への風当たりは強まるだろう。帝国に残留する公弟殿下もな。もちろんお前もだ、ロズ」

「そいつは困るな。俺はともかく、俺の家族が帝国で暮らしにくくなるのは勘弁してくれ」

ロズは表情を曇らせる。

「おい、良い知恵を出せ。なんかあるんだろう？」

「ある訳ないだろ」

俺は陸軍の旅団付参謀なの。政治の話されても困るの。

……いや、ないこともないか。

「少し時間をくれ。大佐に相談する」

「すまん。恩に着る」

「礼ならうまくいった後で頼む」

我ながら卑劣な策略を思いついたもんだ……。

×　×　×

それからしばらくして、ミルドール公が帝国からの独立を宣言し、ブルージュ公国との合併を果たした。俺は事前に知っていたが、もちろん電撃的な裏切りだ。

ミルドール公は形式的にはブルージュ公と対等の立場となり、二人の君主がそれぞれの本領を治める国になるようだ。

ブルージュ公はフィルニア教転生派、ミルドール公は安息派のリーダーとして公国を導いていくと発表する。

ただし国名はブルージュのままだから、どちらが上位かは明らかだ。企業の合併みたいだな。

一方、ミルドール公弟はシュワイデル帝国に残留し、ミルドール家の新たな当主を名乗った。

一見すると兄弟が袂《たもと》を分かったような感じだが、実際はそれぞれが離脱派と残留派の受け皿となっている。どちらの派閥も「ミルドール宗家当主」に仕えている体裁を維持しているからだ。

ここまでは予想していたが、新しい国境線は多くの者の度肝を抜くものだった。

「ブルージュの牙が帝室直轄領に食い込んでいるぞ。ミルドール領が東西に分断されてしまっている」

アルツァー大佐がしかめっ面をしている。

驚いたことに、出奔したミルドール公は領地の中央部をごっそり持っていってしまった。残されたのは帝室直轄領に隣接する東部と、敵地に囲まれた西部だ。

西部は本当に孤立してしまい、南のジヒトベルグ領を通らないと東部に行けない有様だ。

ハンナなんか青い顔をしている。

「第六特務旅団の辺りが国境になっちゃってるじゃないですか!? ていうか、地平線の辺りにブルージュ公国の軍旗が見えてますよ!?」

「これは予想以上にメチャクチャだな。あのクソ義父《おやじ》め」

ロズも事情を知らなかったのか、渋い顔をしている。ミルドール公と公弟は情報統制を徹底したようだ。

ブルージュ軍は事前にミルドール領内に進軍していたようだ。気づいたらどこの城塞もブルージュ軍に接収されていて、第三師団の兵や大砲もブルージュ軍に吸収されてしまったらしい。

ゼッフェル砦《とりで》の辺りもブルージュ領になってしまったから、ダンブル大尉も今頃はブルージュ軍の制服を着せられているかもしれないな。気の毒に。

アルツァー大佐は溜息《ためいき》をつきながら俺を見る。

「ミルドール公はブルージュとの国境地帯を手土産に持っていくと思っていたが、これはかなり思い切った割譲の仕方だな。貴官の見解を聞きたい」

そんなもん俺にもわからないが……。ただシュワイデル側の反応を考えれば、おのずとブルージュ側の思惑は想像がつく。

「帝室直轄領、しかも帝都への直通ルートができてしまいました。帝室の喉元に剣を突きつけた格好です」

大佐は難しい顔で腕組みした。

「ああ、さすがにこれは帝室が黙っていないぞ。もともと帝室は帝国の旧領地の回復を至上命題にしている。離反など許すまい。残留したミルドール門閥の領主たちにブルージュ討伐を命じるだろう」

だが俺は首を横に振る。

「今さら閣下に申し上げるまでもありませんが、誰も動きませんよ」

「まあそうだな。門閥貴族は門閥の当主にのみ従う。皇帝が喚《わめ》いたところで無駄だ」

しかしロズは不安そうな顔だ。

「本当に大丈夫なのか？　ジヒトベルグ家が西ミルドールを攻め落としたりしないか？　あそこは落ち目だから勅命には逆らえないだろう」

「心配するな。ミルドール家とジヒトベルグ家は長年の盟友だから密約を結んでいるはずだ」

ロズにも秘密だが、アルツァー大佐の政治工作で両家は手を組んでいる。

ミルドール家が領地を割って離反するという大胆な策に出たのも、おそらくジヒトベルグ家が水面下で協力しているからだろう。

「ブルージュ・ミルドール・ジヒトベルグの三家は反帝室勢力とみていい。ただし、ブルージュとジヒトベルグは敵同士のままかもしれない」

「ややこしいですね……」

ハンナが混乱している。大丈夫だ、俺も混乱している。

ミルドール公に従って離脱した領主は拠点周辺のごく一部だ。表向きはそうなっている。

しかし実際には残留した全ての貴族、さらにはジヒトベルグ家が離脱派を水面下で支援している。

ハンナが俺に質問してくる。

「皇帝陛下がミルドール公を討伐しませんか？」

「攻略の足がかりになるのが東ミルドールだが、現地の領主たちは絶対に協力しないだろう。逆に帝国軍の情報をミルドール公に流すぐらいは平気でやる。それに」

俺は壁の地図、ミルドール公の本拠地周辺をトントンと叩《たた》く。

「ここには既にブルージュ軍が駐留して自国領土だと宣言している。第二・第三師団が使い物にならない状態で奪い返すのは不可能に近い。皇帝が討伐を命じても側近たちが止めるだろう」

帝室直属の第一師団単独では無理だが、メディレン家の第四師団は海軍主体で陸軍を内陸部に遠征させる能力はない。

リトレイユ家の第五師団は帝室の優遇でかなり強化されているが、リトレイユ公は自分の得にならないことはしない。遠く離れたミルドール領になど興味はないだろう。

「じゃあ皇帝陛下は先に東ミルドールを没収しちゃうんでしょうか？」

「その場合は、東ミルドールの領主たちがブルージュ公国への離脱を宣言して終わりだな。領地を安堵《あんど》してくれない君主など敵でしかない。忠誠に値しないよ」

ブルージュ公国とシュワイデル帝国の新たな国境地帯は、全てミルドール門閥の貴族たちが治めている。要するに同胞だ。

ここでは帝室も余所者《よそもの》に過ぎない。ミルドール公はこの地域の王なのだ。

しかしハンナはますます心配そうな顔になる。

「いいんですか、これ？」

「良くはないな。この帝国は完全に分断されてしまった。このままだとすぐに崩壊するだろう」

民衆の動揺も凄まじい。五王家は帝国の守護者だと信じていただろうから、貴族たちへの不信感が高まっているはずだ。

特にリトレイユ領は農民の反乱が多いそうだから、これから頻発するかもしれない。

大佐は俺の言葉をじっと聞いていたが、やがて深くうなずく。

「ここまでの貴官の話は、私の見解と全て一致している。では皇帝には二つの選択肢しかない。そうだろう、大尉？」

「はい。『失った領土はごく一部だから大した問題ではない』とごまかしてミルドール公弟を新たな当主として認めるか、さもなければブルージュ・ミルドール・ジヒトベルグの反帝室勢力をまとめて潰すかです」

大佐は艶やかな黒髪をわしゃわしゃ掻《か》きながら俺を見た。

「偉大にして聡明《そうめい》なる皇帝陛下はどちらを選ばれるかな？」

「なんせ偉大にして聡明ですからね……」

俺は苦笑するしかなかったが、これに関しては断言できた。

「この国は五つの師団がそれぞれの方面を守ることで、どうにか国境線を維持してきました。後者を選択すれば国防どころではありませんし、軍事力も財力も払底します。そうなれば帝国は消滅しますよ」

あの皇帝は凡庸だが、凡庸だから明らかに愚かな選択はしない。必ず前者を選択する。その上で新たな計画を練るだろう。

代々の皇帝たちは帝国最盛期の領土を狙い続けている。自分の代で領土を失うことなど絶対に許容できない。

大佐は深々と溜息をついた。

「では多少の猶予はあるということだな。先日の貴官の提案は引き続き進めさせる」

「よろしくお願いします」

俺は大佐に敬礼した。

第59話 白羽の矢

シュワイデル帝国皇帝ペルデン三世は、苦り切った表情で三人の男を見ていた。

皇帝の御前に立つのは、ジヒトベルグ公、メディレン公、そして新たにミルドール公を名乗っているミルドール公弟の三人だ。

つまりリトレイユ公を除く五王家の当主がそろい踏みしたことになる。

皇帝は本当に渋々といった様子で口を開く。

「こうなっては仕方ない。まず貴公らの話を聞こう。ただし判断するのは余だ、よいな?」

「もちろんでございます、陛下」

そう答えたのは皇帝に次ぐ序列第二位のジヒトベルグ公だ。

まだ若いジヒトベルグ公だったが、今日の彼は堂々としている。

「先代ミルドール公は未《いま》だに帝室への畏敬の念を捨ててはおられません。元はといえば、リトレイユ公がブルージュに攻城砲を融通したことが原因です。敵国に武器を貸し与えるなど、陛下への裏切りとしか申しようがありません」

皇帝はますます渋い顔をする。

「その件は余の方でも調べさせた。ただ、リトレイユ公は証拠は全て偽造だと主張しておるのだが……」

皇帝の言葉は微妙に歯切れが悪い。

居並ぶ諸侯はあくまでも無言だが、明らかに圧力があった。リトレイユ公が敵国と取引をしていたことは事実であり、その目的がミルドール家の失墜だったことも議論の余地はない。

とうとう最後に皇帝は小さく咳払《せきばら》いをする。

「リトレイユ公がミルドール家を陥れるために策謀したことは、ほぼ確実であろう」

「おお……」

老齢のミルドール公弟が安堵《あんど》の表情を浮かべる。

しかし皇帝はすぐに取り繕った。

「いや待て、リトレイユ公は余に忠誠を誓っておる。あの者を断罪すれば、アガンとの国境を守る第五師団に乱れが生じるかもしれぬ」

するとメディレン公が静かに奏上する。

「その件でしたら、第五師団の古参将校たちから嘆願書を預かっております。現当主はあまりにも横暴で、人事権を乗馬鞭《むち》のように使いすぎるそうです。このままでは第五師団が疲弊してしまうと」

彼はさらに言う。

「リトレイユ公が失脚しても、第五師団の古参将校たちが軍を統率します。彼らは現当主に疎まれて閑職に身をやつしておりますが、元々は第五師団の幹部です。一線に復帰すれば実務面では何の問題もありますまい」

「むう……。だがリトレイユ家にも体面というものがある。先代当主とて愛娘《まなむすめ》が捕らえられては悲しむだろう。我が帝室は先代には借りがあるのだ」

皇帝にとってはこれが最後の抵抗だったが、メディレン公はそれを封殺する。

「その先代当主殿が嫡男セリン殿に家督を譲りたがっておいでです。今すぐにでも代替わりさせたいと」

帝室に貸しのある先代当主がそう言っているのであれば、もはや反対しているのは皇帝一人だ。

長い沈黙の後、皇帝はすがるような目で諸侯を見回す。

「しかし……余はリトレイユ公が恐ろしい……。あの者の容赦のなさは存じておろう？　誰があの者を捕らえるというのだ？」

「確かに難儀ですな」

ミルドール公弟がうなずいたが、彼は落ち着いた口調でこう続ける。

「ですがメディレン公の年下の叔母・アルツァー大佐の配下に適任者がおります。私の娘婿の同僚でして、先のブルージュ侵攻の折にめざましい軍功を挙げた優秀な若手将校です」

すかさずジヒトベルグ公が口を挟む。

「陛下もお会いになっておられます。ユイナー・クロムベルツ参謀大尉。キオニス遠征では第六特務旅団をほぼ無傷で生還させた不死身の猛将です」

「クロムベルツ……。うむ、記憶にあるな。あまり印象にないが、それほどまでに優秀であったか」

皇帝の言葉に五王家の諸侯たちは微《かす》かに苦笑する。実際には失笑といったところだが、もちろんそれを悟らせるようなことはしない。

あくまでもさりげなくジヒトベルグ公が補足する。

「当初はリトレイユ公の子飼いだと思われていた平民将校ですが、先の御前会議ではリトレイユ公の主張に堂々と反論し、我が亡父の名誉を回復してくれました。平民ではありますが誇り高さは貴族と変わりません。まさに男の中の男です」

クロムベルツのことを覚えていないということは、皇帝ペルデン三世は御前会議の細かいやり取りを覚えていないということになる。ジヒトベルグ公が味わった屈辱も覚えていないのだろう。

それは諸侯を失望させるのに十分だった。

だが当の皇帝はそんなことに気づいた様子もなく、何度もうなずく。

「言われてみれば、確かにそのような者がいた気がするな。よかろう、適任である。やらせてみようではないか」

「陛下の御英断、恐れ入ります」

ジヒトベルグ公は静かに頭を下げる。

皇帝は満足げにさらにうなずいた後、ふと心配そうな表情をした。

「これで帝国の安寧は守られるであろうか？」

その問いにメディレン公がとびきりの笑顔で応じる。

「そのために我ら一同が努力いたしておりますゆえ、どうか御安心を」

「うむ、信じておるぞ」

こうして極秘裏に決定がなされ、それはただちにクロムベルツ大尉に伝えられた。


「俺にですか!?　……失礼しました、小官にですか!?」

さすがに俺もちょっとびっくりしちゃったぞ。軍隊生活は驚くことばかりだが、今回のは特別だ。

アルツァー大佐は淡々とうなずく。

「『リトレイユ公ミンシアナを逮捕せよ』というのが、第六特務旅団に与えられた勅命だ。私は旅団長として、この命令を実行するための作戦案を貴官に要請する」

これ以上ないぐらい正規のルートで命令が下りてきた。えらいことになったぞ。

「小官は憲兵将校ではないのですが」

「リトレイユ公は軍人ではないからな」

さらりと返された。これは手強《てごわ》い。

正規の手続きを経て命令が来たら、軍人としてはやるしかない。俺は覚悟を決める。

「作戦の期限、および与えられた兵力をお聞かせください」

「兵力は第五師団以外は全て使えるように手を回しておいた。作戦完了の期限は約半年。ただし作戦案の提出は三日以内に行うように」

卒論より難しいことをやるのに与えられた猶予が三日なの、絶対におかしいと思うよ？

もっとも今の俺は大学生でも士官候補生でもなく、現役の参謀大尉だ。やるしかない。

「命令を受領いたしました。ただちに任務を開始します」

「ああ、よろしく頼む。すまないな、こんな急な話で」

アルツァー大佐もさすがに気の毒そうな顔をしてくれた。

「皇帝陛下は自身がリトレイユ公を切り捨てたことに怯《おび》えておいでだ。見捨てられたと知れば、リトレイユ公が何をするかわからないからな」

「彼女の本性を見抜く程度の先見性がおありなら、初めから頼らなければいいでしょうに」

あのおっさんは、リトレイユ公がヤバいヤツだと知りつつ頼りにしていた訳だ。中途半端な賢さに呆《あき》れてしまう。

すると大佐は溜息《ためいき》をついた。

「人間は自分だけは何とかできると思いたがるものだ。それは平民でも貴族でも変わらないが、貴族は平民に後始末をさせられるのが違うな」

後始末を命じられた身としては大変迷惑だな……。

もし計画が失敗すれば、リトレイユ公は俺を抹殺対象の上位に位置づけるだろうし、皇帝や諸侯も俺に責任を被《かぶ》せようとするだろう。損な役回りだ。

だがこれも仕事なので仕方ない。やるならさっさとやってしまおう。

「どうせリトレイユ公のことですから、皇帝陛下の心変わりはもう察知してるんでしょうな」

「そうだな。聞き及ぶ限りでは領外での活動が急に減ったようだ。領外での活動はおそらく影武者のリコシェが一人で回している」

さすがは保身の名人というべきか。リトレイユ公は危険を察知して素早く本領に引っ込み、捕縛や暗殺の可能性を最小限に保っている。

だがそれは俺にとって非常に都合がいい。

「それぐらい慎重に行動してくれるのなら、危険をちらつかせるだけでリトレイユ公の動きを鈍らせることができますね。適当に情報を流して警戒心を煽《あお》りましょう」

「いい方法だ。だがそれでは逮捕できないぞ？」

大佐の疑問に俺は笑って答える。

「動きを鈍らせている間に外堀を埋め、最後は勅命で帝都に召喚します。背けば叛意《はんい》ありとみられますので、渋々応じるでしょう」

「そうかな？」

「応じざるを得ないのです。リトレイユ領は北のアガン王国と常態的に戦っていますので、南側の帝室直轄領から討伐軍を差し向けられれば挟撃となり、とても防ぎきれません」

「リトレイユ領には港もあるが、まさか……」

「はい。メディレン家が保有する第四師団の艦隊で海上封鎖します」

俺はそこまで説明し、にっこり笑う。

「ですので、リトレイユ公は戦うことも逃げることもできません。彼女には軍人としての力量はなく、配下の第五師団ではリトレイユ公を支持するかどうかで内部対立が起きています。彼女は政治の舞台でしか踊れないんですよ」

だから本領に引っ込んでしまった時点でリトレイユ公の命脈は尽きている。

「後はリトレイユ公がアガン王国との連携を模索しないように監視する必要があります。これはミルドール公の伝手《つて》を頼って、ブルージュ公国に一肌脱いでもらいましょう」

大佐はしばらく黙っていたが、ぽつりとつぶやいた。

「普段とのギャップが凄《すご》いな、貴官は。なるほど、恐れられる訳だ」

「職務に忠実なだけですよ？」

仕事に手を抜くというのがどうしてもできない。

大佐は苦笑した。

「皆、そういうところを信頼している。では今の方針に基づいて作戦計画書を提出せよ」

「はっ！」

俺は敬礼すると、自分の仕事を開始した。

第60話　死神は大鎌を研ぐ

リトレイユ公逮捕の勅命を受けた俺は今、帝都でリトレイユ公と対面していた。

「警備のお勤め、御苦労様でした」

外套《がいとう》を羽織ったリトレイユ公が薄く笑っている。相変わらず怖い笑い方するなあ。

だが今日のリトレイユ公から漂う香水の香りは、清潔感のあるシトラス系のものだった。

つまりこのリトレイユ公は影武者、リコシェの変装だ。

よく見ると、酷薄そうな笑みの中にも目元には優しい表情が浮かんでいる。本物の目は爬虫類《はちゅうるい》や猛《もう》禽《きん》みたいでもっと怖い。

今日は五王家当主が集う御前会議の日だ。半年に一度のこの会議では、五王家間のトラブルや外交課題など重要案件が話し合われる。

普通ならリトレイユ公も本人が来るのだが、警戒した彼女はこの重要な会議に影武者をよこした。

会議でリコシェは立派に影武者として辣腕《らつわん》を振るい、リトレイユ家の権益を堅守した。

ただやはり本物の政治家ではないので、アルツァー大佐に言わせると「あと一歩の踏み込みが足りない」らしい。もう少し図々《ずうずう》しくても良いそうだが、平民の悲しさでついつい遠慮してしまうようだ。政治って難しいな。

リコシェの無事を久しぶりに確認できた俺は安心し、わざとらしく敬礼して彼女を見送る。

「長時間の会議、お疲れ様でした。道中お気を付けください」

「ありがとう。あなたも息災で」

偽リトレイユ公は馬車に乗り込むと、本領への帰路に就いた。

彼女の無事を祈りながら見送っているとジヒトベルグ公がやってくる。こっちは本人だろう。

「クロムベルツ大尉、本当に捕縛しなくて良かったのか？」

「捕縛してはいけません。あれはおそらく影武者です」

俺とアルツァー大佐はあれが影武者であることを知っているが、それは表に出せない情報だ。あくまでも推測の形で話す。

「リトレイユ公は影武者を使っているという情報があります。今回のように捕縛される危険性があるのなら、必ず影武者をよこすでしょう」

「影武者か……。頻繁に顔を会わせる間柄ではないから、影武者と本物を見分ける自信はないな」

ジヒトベルグ公はそう言って溜息《ためいき》をつき、それから俺に笑いかけた。

「さすがはアルツァー大佐の名参謀。相手の手の内は何もかもお見通しか。気骨も知謀もある頼もしい男だな」

別にそういう訳じゃなくて、影武者の方から助けを求めて飛び込んできたんだよな。

事情を説明する訳にもいかないので誤解しておいてもらおう。

「それよりも殿下、平民と親しげにしてよろしいので？」

確かジヒトベルグ家の当主って、平民と私的に会話するのも許されないんだよな？

俺は彼を「殿下」と呼んでいるが、実際のシュワイデル語には「陛下」と「殿下」の中間に位置する五王家専用の敬称があり、それを使っている。

何せ五王家は「王家」だ。序列こそあれ、皇帝とも対等の立場にある。

しかしそのお偉いジヒトベルグ公は、さりげなくとんでもないことを言い出した。

「心配は無用だ。貴官は私のシルダンユーにしてある」

シルダンユー？　なんだそれ？

日本語話者としては背筋がゾワゾワするんだが。

するとジヒトベルグ公はふと気づいたように言う。

「おお、そうか。貴族社会の古い言葉だから、さすがの貴官も知らぬだろう。『特別な取り次ぎ客』や『裏口の友人』ぐらいの意味だ」

特別？　裏口？

「要するに、身分を越えて親しくしたい平民に与える待遇だ。例えば愛人であったり」

ますます背筋がゾワゾワしてきたぞ、おい。

「また平民の棋士や詩人のような文化人にもシルダンユーとして礼を尽くす。身分制度を保ちつつ、社会の風通しを良くする知恵だ。貴官のことゆえ、てっきりメディレン家のシルダンユーになっていると思ったが」

違います。シルダンユーシルダンユー言うな。いや悪気がないのはわかるんだけど。

「貴官はジヒトベルグ家が正式に認めたシルダンユーだ。当家を私的に訪問することが許されるし、貴族の客人と同様に扱われる」

知らないうちにずいぶんと良い待遇を与えられていたようだが、響きが気になって話が頭に入らない。今世ではこういうことが頻繁にある。

とりあえずお礼は言っておこう。

「ありがとうございます、殿下」

「なに、貴官には亡父の名誉を守ってもらった借りがある。本当は領地を与えたいぐらいだ。それに貴官を招聘《しょうへい》することをまだ諦めてはいないのでな」

ありがたいけど、俺はアルツァー大佐の参謀をやめるつもりはないよ。

大佐は俺を信頼し、俺の好きなように仕事をさせてくれた。仕事が楽しいと思ったのは生まれて初めてだ。

だから一生ついていく。

ジヒトベルグ公は俺の横顔を見て、フッと笑う。

「皆まで言うな、忠義者。貴官を家臣にできるとは思っておらん。だが困ったことがあれば何でも言ってくれ」

「それでしたら、御相談したいことが」

「おお、言ってみるがいい」

そこで俺は事情を説明し、ジヒトベルグ公に協力を求める。

彼はすぐさま快諾してくれた。

「その程度なら当家の力をもってすれば造作もない。帝国の安寧のため、そして恩人のために一肌脱ぐとしよう」

「ありがとうございます、殿下」

俺が礼を言うと、ジヒトベルグ公は楽しげに笑う。

「どうやら少しは借りを返せたかな。この件が落ち着いたら墓参《ぼさん》がてら飯でも食いに来るといい。貴官の部下たちの墓は『四聖女の墓地』として当家が守っているからな」

俺の肩をポンと叩《たた》くと、ジヒトベルグ公は外套の裾を翻して去っていった。

×　×　×

その後も宮中の行事が何度かあったが、俺はその全てをスルーした。どうせ来るのは影武者のリコシエだ。

しかし俺に後始末を命じた人々は、俺の仕事ぶりに不満のようだ。

アルツァー大佐が苦笑しながら、勅書をヒラヒラ振ってみせた。

「『なぜ今回も逮捕しなかったのか』と、皇帝陛下がお怒りだ」

うるせえな。俺に任せたんだから黙って見てろよ。使えない皇帝だな。

……と思ったが、それを大佐に言っても仕方がない。

「今までの宮中行事は全て、暦通りに毎年行われているものです。予定が事前にわかっていますから、影武者を使うのに何の障害もありません」

「確かにな。リコシェがいる限りリトレイユ公は領内から出てこないだろう」

　そうなんだよな。かといってリコシェを排除する訳にはいかない。彼女の安全は俺たちにとって最優先事項のひとつだ。

「リトレイユ公本人が必ず来るように仕向けるには、影武者が使えない時期に予定外の急用で呼び出すしかありません」

　スケジュール調整がつかないタイミングに、絶対に来なければならない用件で呼び出す。これしかない。

「リコシェ殿は秘密工作で領外に出ることも多いようです。狙うなら彼女が領外に出払っている瞬間です」

　俺がそう言っただけで、アルツァー大佐は全てを理解したようだ。

「なるほど、そのときは影武者を帝都によこすことはできない。それに『秘密工作で領外に出ていて不在』とは言えないな」

　表向きの所在地と実際の所在地が一致していて、しかも影武者が使えないタイミング。

　リトレイユ公を逮捕できるのはそのときだけだ。

「ジヒトベルグ公の協力で『ジヒトベルグ公と家臣団との間に亀裂が生じ、譜代の家臣に多数の離反者がいる』という情報をリトレイユ公に流すことができました」

「いつの間に……」

「先日お会いしたときに頼みました」

なんせ俺はジヒトベルグ公のシルダンユーだからな。

「うまくいけばリコシェ殿をジヒトベルグ領に引っ張り出せます」

リトレイユ公は敵を作って攻撃することで勢力を拡大してきたが、おかげで敵だらけだ。新しい味方を必要としているから、買収できそうな人材がいればすぐさま声をかけるだろう。

もちろん、そのときはリトレイユ公……の影武者が会いに行くだろう。俺のときもそうだったが、「リトレイユ公本人が来た」と思わせられるのはインパクトが大きい。あれはびっくりするよな。

リトレイユ公も決して無能ではなく、彼女なりの人心掌握術を持っているから手強《てごわ》い。

アルツァー大佐は満足げにうなずいた。

「ジヒトベルグ領はリトレイユ領から最も遠い上に、途中で第六特務旅団の近くを通る。行動を監視しやすいし、リトレイユ公を逮捕すればすぐに身柄を保護できるな。良い案だと思う」

「恐縮です」

これでも参謀らしく、寝ないで一生懸命考えたからな。策を考えるよりも、リトレイユ公にバレないように根回しするのが一番大変だった。しかしこれも参謀の仕事のうちだ。

「後はこの時期に合わせてリトレイユ公を呼び出すよう、偉大なる皇帝陛下に一働きしていただきましょう。勅命を出せるのは陛下だけですから」

あのおっさんには何も期待していないが、せめてそれぐらいはやってくれないと困る。

アルツァー大佐はおかしそうに笑う。

「心配するな、それは私が手綱を握っておこう。長々と政治工作をさせて済まなかったな。では次は兵を動かす段取りだ。本来の参謀の職務として戦争の準備をしてもらうぞ。貴官も嬉《うれ》しいだろう？」

人を戦争の猟犬みたいに言わないでほしい。

「御冗談を。戦争ほど嫌いなものはありませんよ」

「それでこそ私の参謀だ。ずっとそのままでいてくれ。私は貴官のそんなところが好きだからな」

ニコッと笑った大佐は、なんだかちょっと可愛《かわい》かった。

この人の隣にいると安心するな……。もっと役に立ちたい。

だからこそ、リトレイユ公との戦争計画を練らなくては。

彼女に抵抗する暇を与えないためにも、ありとあらゆるものを使おう。

第61話　死神の軍議

こうしてリトレイユ公逮捕の任務は、実行段階へと進んだ。

皇帝ペルデン三世はリトレイユ公に偽の密書を送る。

『ミルドール公は謀反人の弟でありながら、余をないがしろにしておる。これ以上の横暴を許しておくことはできぬ。余はメディレン公と共に東ミルドールを征伐するつもりである。その後はブルージュ公国からミルドール領を奪還し、帝室直轄とする予定である。貴公がブルージュと内通した件は不問と致すゆえ、余の下《もと》に集うがよい』

完全に騙《だま》し討《う》ちだ。

だがこれでリトレイユ公の逮捕に失敗したら即座に内戦だろう。リトレイユ公は素直に罰を受けるような人間ではない。

帝国軍の総力を挙げて、リトレイユ領をシュワイデル兵の血で染めて食いちぎり、リトレイユ家を滅ぼすことになる。

もちろんアガン王国やブルージュ公国は大喜びするだろう。帝国軍が内戦で弱体化すれば隣接する領地は食べ放題だ。

領民や領主にとっては迷惑な話だし、俺たち軍人にとっても危険なだけで何もいいことがない。

そんなことを考えていると、早くも憂鬱になってきた。

とにかく内戦だけは回避したいので、今さら卑怯《ひきょう》もクソもない。後世の歴史家にいろいろ言われるだろうが、ここは騙し討ち上等でいく。

ちょうどこの時期、リトレイユ公の影武者であるリコシェはジヒトベルグ領で調略に励んでいる。ジヒトベルグ公の流した偽情報にリトレイユ公が食いつき、存在しない離反者を囲い込もうとしているのだ。

リトレイユ公としては「ジヒトベルグ領で他家の家臣を寝返らせている最中なので行けません」とは言えない。表向き、彼女は本領にいることになっているからだ。実際に本領にいる。

そして帝国内で対立が起きるときに彼女がそれを座視することはない。

リトレイユ公ミンシアナにとっては、対立こそが黄金の鉱脈だからだ。喜々として帝都に乗り込んでくるだろう。

たぶん。

第六特務旅団の将校と下士長を集めた会議が開かれ、俺は参謀として今後の作戦計画を説明する。要するにいつものメンバーだ。

「リトレイユ公は本領にいるが、彼女には影武者がいる。名前はリコシェ。このリコシェはジヒトベルグ領で秘密工作中と推定される」

ロズ中尉とハンナ下士長が俺の説明をじっと聞いている。

実はロズたちにとっては、リトレイユ公に影武者がいることは初めて知る内容だ。

ここまでずっと秘密にしてきたが、秘密のままでは作戦ができないので彼らには機密情報を部分的に開示する。ただし一般兵士に通達するのは作戦開始直前だ。

「彼女はリトレイユ公の秘密を多く握っており、本物に成りすまして軍を動かすことが可能だ。従ってリコシェの身柄確保は作戦の必成目標となる」

リコシェが俺たちの協力者であることは、作戦開始直前まで伏せておく。もしここに敵の内通者がいた場合、リコシェが危険に曝《さら》されてしまうからだ。

俺は地図を示した。

「もしも今リトレイユ公が帝都に現れれば、調略を受けているジヒトベルグ家の家臣たちの視点だと『リトレイユ公が二人いる』状態になる。影武者の存在が明るみに出てしまいかねない。もちろん調略にも悪影響だ」

「あー……なるほど」

ハンナがコクコクうなずいている。他者を欺くことがとことん不得手な彼女は、視点整理が苦手なようだ。人狼《じんろう》ゲームでもやらせて鍛えようかな……。

とりあえず俺もうなずいておく。

「誰の視点から見てもリトレイユ公は一人でなくてはならない。そこでリトレイユ公は調略を中断し、リコシェを呼び戻す」

地図に挿した二つのピンを示す。リトレイユ公とリコシェの推定所在地だ。

「ただ伝令が到着するまでの時間差があるから、リコシェを本領まで呼び戻す猶予はない。途中のどこかで合流するはずだ。本物と影武者の位置を重ね合わせることで、リトレイユ公はまた一人に戻る」

するとロズ中尉が疑わしげな顔をする。

「別に合流しなくても、出発したらどこかで影武者が変装を解いちまえばいい。後はお忍びで本領に帰還ってところじゃないか？」

「いい指摘だ」

こいつも伊達《だて》に士官教育を受けてないよな。

俺はその点も説明する。

「リトレイユ公は自分の影武者を信用していない。自分の留守中に本領に帰すと、影武者が自分のふりをして叛旗《はんき》を翻す恐れがある。過去の動きを調べた限りでは、手元に呼び戻す可能性が一番高い」

なんせ影武者本人から聞いた情報だから信頼性は高い。これはまだ秘密だけど。

「おいおい、自分の影武者すら信用できないのか……」

ロズが呆《あき》れて苦笑している。

俺もつられて苦笑した。

「リトレイユ公は猜疑心《さいぎしん》が強く、絶対に騙されまいという気持ちが強すぎて誰も信用できなくなっている。もともと内外に敵だらけだからな」

アルツァー大佐がぽつりとつぶやいた。

「王とは孤独なものだ。だがそれでも信じて任せねば領地を治めることはできない。さもなければ王が全ての農地を自分で耕すことになる」

絶対に騙されない必勝法は誰も信用しないことだが、それでは王として君臨できない。

俺はリトレイユ公の境遇を少し思い、溜息《ためいき》をついた。

「彼女は敵を作って倒すことで勢力を拡大したが、さすがに敵を作りすぎた。そして猜疑心の強さは彼女を敵から守るのに役立ったが、勢力維持に必要な人材確保では不利に働いた」

誰も信用できないんだから、優秀な人材も忠義の家臣も使いこなせない。

俺たちを信じて全てを任せ、着実に勢力を拡大してきたアルツァー大佐とは対照的だ。

「リコシェの動向なら、調略を受けているジヒトベルグ家の家臣たちが報告してくれる。領内にいる限り居場所は完全に把握できるそうだ」

ロズは半信半疑といった顔だ。

「寝返り工作を受けてるような連中だろう？　信用できるのか？」

「リトレイユ公はジヒトベルグ公の流した噂《うわさ》に騙されたんだよ。調略を受けている連中は全員、筋金入りの忠臣たちだそうだ」

俺が笑って説明すると、ロズも苦笑いを浮かべた。

「猜疑心が強い割に騙されてるのか」

「人間は信じたいものを信じるからな。追い詰められた人間は特に」

騙されないように気をつけたって、人間というのは案外あっさり騙される。人狼ゲームでもやればわかる。

ハンナが少し気の毒そうな表情で言う。

「リトレイユ公殿下は敵だらけなんですね……」

「そうだ。だが彼女を哀れむのは危険だぞ、ハイデン下士長」

俺は地図に新しいピンを挿す。

「リトレイユ公は第五師団を実質的に統率している。この一年ほどで増強されまくった帝国最大の軍団だ。国境を接するアガン王国と単独で渡り合えるだけの力がある」

リトレイユ家には帝室から大量のマスケット銃と弾薬が提供されていて、領民を半農の戦列歩兵にして戦争に備えているらしい。

「戦列歩兵は支援用の砲兵中隊を備えた大隊として編制され、相互に連携を取る形で国境線を完全に覆い尽くしている。推定兵力はおよそ六万。さすがのアガン王国も手出しできない状況だ」

「他の師団よりだいぶ多いですね……」

ハンナが深刻そうに言うので、俺もうなずいておく。

「帝室直属の近衛《このえ》師団を総動員すれば叩《たた》き潰せるかもしれないが、そんなことをすれば帝国の軍事力は壊滅的な打撃を受ける。アガン軍がなだれ込んでくるだろう。従って帝国軍同士の衝突は最小限に留《とど》めなければならない」

言うのは簡単なんだけど、それを実行するプランを考えるのが俺の仕事なので大変だった。

「内戦を回避する計画をいくつか用意しているので、第六特務旅団はこの計画の実行を担当する。失敗したら他の師団から確実に恨まれるから、緊張感をもって取り組んでくれ」

「は、はい！」

ハンナがビシッと敬礼した。頼もしい。

俺はいかにも有能な参謀のような顔をして、サッとアルツァー大佐を振り返る。

「このような説明でよろしいですか、旅団長閣下」

「ああ、十分だ」

アルツァー大佐は椅子から立ち上がる。立ち上がると逆に小さく見えるので座っていた方がいい気もするが、とにかく立ち上がる。

「諸君、これは帝国の運命を決定づける歴史的な作戦だ。……まあ我々にとっては帝国がどうなろうが知ったことではないが、生活を保障してくれる愛すべき祖国だからな。給料分は働こう」

フッと笑うアルツァー大佐に全員が敬礼した。

会議の後、ロズたちは自分の役割を果たすために退出したが、俺は参謀面をして大佐の隣に控えていた。いや、実際に参謀なんだけど。

二人きりになると大佐は俺をじっと見上げる。

「この作戦が失敗すれば帝国は滅亡するな」

「成功しても滅亡するでしょうから、気負う必要はありませんよ」

俺がそう言うと、大佐は驚きもせずに微笑《ほほえ》む。

「ミルドール領は既にズタズタだ。ジヒトベルグ領はキオニスの報復に脅かされ、転生派と安息派の両勢力の狭間《はざま》で生き残りを図っている。リトレイユ領も今後かなり難しい舵取《かじと》りを迫られるだろう。帝国領の大半が問題を抱えているが、皇帝にこの難局を乗り切る力があるとは思えん。長くはないだろうな」

「御慧眼《ごけいがん》かと」

俺が芝居がかった口調で応じると、大佐は机にぺしょりと突っ伏した。

World Map

転生諸派国
アガン王国
流血海
リトレイユ領
メディレン領
ブルージュ公国
シュワイデル帝国
帝室直轄領
東ミルドール領
★第六特務旅団
西ミルドール領
ジヒトベルグ領
フィニス王国
安息諸派国
エオベニア王国
キオニス連邦王国

「困ったな。どうにかならないのか、大尉？　うちの実家だけでも助けてくれ」

「小官に言われても困るんですが」

便利屋扱いされている感があるけど、俺はランプの精じゃないぞ。政治家ですらない。

俺は溜息をつく。

「前に大佐にお願いした件がちゃんと準備できているのなら、この旅団とメディレン家ぐらいはどうにかできるかもしれません」

「あの件なら心配するな、とっくに準備できている」

それなら何とかなるかな。

「しかし面白いことを思いつく男だな、貴官は」

「過去の歴史に学びました」

「歴史を学んだだけで思いつくものか？」

「学ばずして着想を得ることはありませんよ」

俺は二つの世界の歴史を知っているから、未来を予測する精度は普通の人よりも若干高い。しかも近代化や世界大戦のことも知っている。いずれこの世界にも訪れるものだ。

帝国の崩壊が不可避なら、崩壊後の動乱をどう生き延びるかを考える。その方法は歴史がヒントをくれる。

「帝国の滅亡は避けられませんが、なるべく流血を避けて平和に滅亡させましょう」

「平和に滅亡、か。相変わらず貴官は面白いな」

大佐は笑いながら顔を上げる。

「貴官となら滅亡も悪くない」

机上に長い黒髪を流して微笑む大佐は、ゾクリとするほど艶っぽかった。

第62話 影裏に消ゆ

各地に張り巡らされた監視網によって、リトレイユ公が本領から動き出したことがつかめた。帝都入りの少し前に影武者のリコシェと合流するようだ。

場所は帝室直轄領。リトレイユ公と懇意の豪商から、帝都近くの山荘をしばらく借り上げるらしい。

「五王家の一員ではあるが、改めてその力の凄《すさ》まじさを感じさせられるな」

アルツァー大佐が苦笑しながら頰杖《ほおづえ》をつく。

「この国で成り上がるには、五王家のいずれかには接近せねばならない。それは貴族だけでなく、軍人でも商人でも同じことだ。だから全ての成功者は五色のいずれかの色に染まる」

親リトレイユ派の資産家なんて真っ先に監視対象になっていたから、リトレイユ公の動きはすぐに他家に察知された。

もちろんリトレイユ公側も最大限の隠蔽工作を行っていたが、さすがに残り四家の諜報《ちょうほう》力には勝てない。今回は山荘に近いミルドール家の情報網に引っかかった。出入り業者の噂話《うわさばなし》をつかんだのだ。

この国で五王家を敵に回すとこういう目に遭う。だから誰も逆らえない。

「怖いですな。小官はメディレン家の色でしょうか」

「そうあってほしいものだな。貴官に去られては困るから、もっとしっかり染め上げておこう」

大佐の冗談はときどき本気に聞こえるから困るんだよな。曖昧に笑っておく。

あんまり冗談ばかり言ってられない。これから俺たちも出立だ。俺史上最大の作戦に従事することになる。成否がどうなろうとも歴史に残る大作戦だ。

大佐もそれはわかっているので、スッと真顔になる。

「リトレイユ公の兵力を確認しておきたい」

「今回は皇帝との秘密会談ですから、麾下《きか》の第五師団は表向きは動かせませんし、動かす必要もありません。ただ実際には領内の兵がいくつか動いているようです」

俺はついさっき入ってきた報告も含め、卓上の小さな地図にマーカーを置いた。

「リトレイユ公子飼いの大隊長たちが、兵を率いて帝室直轄領との境界に移動しています。確認できたのは歩兵三個大隊、およそ千五百名。名目は演習や巡回警備となっています」

「実際にはもっといそうだな」

「全ての動きを把握できている訳ではありませんから、当然いるでしょう。騎兵も動かしていると見るのが妥当です」

騎兵の動きは察知しづらい。騎馬より早く情報を伝達する方法が限られているからだ。

「確認できた三個大隊は別個に動いていますが、おそらくどこかに集結するでしょう。リトレイユ公は呼び出しが罠《わな》だった場合を考慮し、この兵力を領内への撤退に使うはずです」

「戦列歩兵千五百では近衛《このえ》師団の追撃を防ぐには全く足りないな。時間稼ぎにもならないだろう。やはりもっと動いているとみるべきか」

チェスや将棋と違って、盤上にどれだけの駒が存在するのか俺たちにもわからない。見えているのが三個大隊というだけの話だ。

ただ、ある程度の予測はできる。

「リトレイユ公の子飼いになっている将校はリストアップしています。彼らが動かせる兵を総動員したとしても一万には届きません。若手将校ばかりで階級が低く、抜擢《ばってき》された今でも大半がまだ大隊長や中隊長です」

近世にもなると軍隊にもいろいろな行政上のルールが増えてくるので、王侯といえども勝手な人事はなかなかできない。子飼いの部下を昇進させるのにも順序というものがある。

彼女の子飼いは若手の貴族将校たちで、まだ尉官が多い。連隊や旅団を率いる階級ではない。五百人ほどの大隊を指揮するのが限界だ。

アルツァー大佐が微笑《ほほえ》む。

「あの女に時間を与えなかったのは正解だったな。あと数年放置すれば子飼いの将校たちが佐官になり、指揮する兵が格段に増えていただろう。それで、こちらの対応はどうなっている？」

「表立って兵を動かせないのはこちらも同じです。ほんのわずかな気配も見せられませんから、全ての師団が通常通りの動きをしています。例外は我々だけですね」

第六特務旅団は行軍演習の名目で、ほぼ全兵力が出動する。

「全軍の行動に大きな変更はありません。ただ閣下の指揮を離れて独立行動を取る部隊が多いため、予期しない事態が発生したときは対処が困難です」

俺の説明に大佐がうなずく。

「不安は残るが仕方ないな。即時通信できる魔法の鏡でもあれば別だが」

あるんだよな。科学のスキルツリーを伸ばしていって電信技術を取ればの話だけど。

今は考えても仕方ないので、俺は軽くうなずいておく。

「各部隊には適任の下士官を割り当てています。彼女たちに任せましょう」

もちろん作戦失敗時には速やかに帰投できるよう、判断基準と撤退手順を伝達しておいた。最悪の結果になったとしても兵の大多数を生還させることが最低条件だ。俺は参謀だからな。

大佐はうなずくとコートを手にした。

「矢は既に放たれた。私にできることといえば、せいぜい二の矢を手挟むことぐらいだ。貴官も矢筒を持ってついてきてくれ」

「はっ」

俺は敬礼すると、ちっこい大佐にコートを羽織らせた。こういうのは参謀じゃなくて当番兵の仕事だが、みんな忙しいので俺が着せておこう。

小学校に行く娘にコートを着せてるお父さんみたいだな。

と思った瞬間、大佐がじろりと俺を見上げた。

「今何か、とても失礼なことを考えているだろう？」

「いえ何も。ちゃんと袖を通してください、閣下」

「ぶかぶかなんだよ、これ」

「袖まくってあげますから」

やっぱり学校指定のコートを着せてるみたいだ。

「ふう……」

リコシェは広々とした部屋の片隅で、そっと溜息《ためいき》をつく。

今日は変装を解いているので、護衛は二人だけだ。どうせリコシェの監視も兼ねているのだろう。

侍女たちも本物のリトレイユ公に付き従っており、ここにはいない。

（気楽でいいけれど、御前が何を考えているのかが気になる）

ジヒトベルグ領での調略工作中にリトレイユ公の急な呼び出しを受け、帝室直轄領の山荘で任務の経過報告を行った。

『調略は順調です。既に三名の重臣から内応の確約を得ました』

『そうですか』

『ただ、彼らの態度からは裏切り者に特有の必死さが感じられません』

『裏切り者の心理に詳しいのですね？』

微笑みの中に紛れる殺意を感じつつ、リコシェはこのときも冷静さを失わなかった。

『調略に応じるのは追い詰められた者だけですので』

『確かに。では調略は一時中断し、お前は別命あるまでここに残りなさい』

『はい、御前』

このやり取りの後、リトレイユ公は山荘を発《た》ってどこかに行ってしまった。

ここは貴族か資産家の別荘なのだろう。山荘には使用人たちもいるが、リトレイユ家の者ではない。

リトレイユ家の使用人といえば、無口で無愛想な衛士が二人だけ。

（最近付けられたあの二人、私と同じように素性を偽っている者の気配がする）

貴族が召し抱える衛士には二通りある。

ひとつは「私はこんなに大勢の護衛を引き連れている」というステータス誇示のための衛士。彼らは若くて長身で顔立ちが良いが、戦士としての技量はほとんどない。平民でも構わないので安く雇える。

もうひとつが実用的な衛士で、こちらは歴戦の古強者《ふるつわもの》たちだ。

多くが騎士や郷士の家系で、幼少期から厳しい鍛錬を積んでいる。銃はもちろん、乗馬や剣術も達者だ。礼儀作法も心得ている。数は少なく、特に忠誠心の高い者は替えがきかない。

今ここにいる衛士二人はおそらく後者だが、変装の名手であるリコシェには微妙な引っかかりがあった。

（わずかに猫背気味なのが気になる。剣術ではなく格闘術寄りの足運び。鉄兜《てつかぶと》を目深に被《かぶ》る癖も、顔を隠したいように見える）

もちろん猫背でレスリング名人の騎士もいるだろうし、顔にコンプレックスを持っている郷士だっているだろう。

だがひとつひとつの小さな違和感が積み重なった結果、リコシェは彼らに警戒心を抱くようになっていた。

（名誉ある戦士の階級でないとすれば、名誉なき戦士の階級。傭兵《ようへい》か暗殺者だろうか。ずっと私に付けられているということを考慮すれば、可能性が高いのは後者）

本職の殺し屋二人に監視されていると考えると落ち着かないが、影武者の宿命だ。受け入れるしかないだろう。

そのとき、不意に部屋の外が騒がしくなった。

「なんだ？」

「わからん、見てこよう」

衛士たちがドアを開いた瞬間、銃を持った兵士数名がなだれ込んできた。

「動くな！」

そう叫んだ声は若い女性のものだ。そして特徴的な深い赤茶色の軍服。

リコシェ自身も目を疑ったが、間違いなく第六特務旅団の女子戦列歩兵だ。

衛士たちが自分に向き直ったのを見た瞬間、リコシェはソファの陰に伏せながら叫ぶ。

「そいつらを撃って！」

「えっ!?」

「どういうこと!?」

リコシェは第六特務旅団の兵士たちに対して「この衛士たちを撃って」と頼んだつもりだったが、気が動転して言葉足らずになってしまった。

リコシェの立場や状況を考えれば、衛士たちに対して「この侵入者を撃って」と頼んだように聞こえるだろう。

内心でしまったと思ったリコシェだったが、頭上に乾いた銃声が響く。

「ぐあっ!?」

「何をしてる、総員撃て！　そいつらの仕事は口封じだ！」

男の悲鳴と、それに続く女性の号令。誰かがドサリと倒れる音が聞こえ、さらに銃声がいくつも覆い被さる。

恐る恐るソファから顔を覗《のぞ》かせると、衛士に偽装した暗殺者たちが床に倒れていた。至近距離から数発の銃弾を浴び、既に事切れている。

ホッとしたリコシェの前に、凜々《りり》しい顔立ちの女性下士官が立った。

「リコシェだな？　リトレイユ公の影武者の」

「そうです。あなたは？」

するとその女性軍人はリコシェに敬礼した。

「私は第六特務旅団所属のライラ下士補だ。あんたを保護するよう命令されている。この山荘は制圧したが、長居は無用だ。すぐに仕度を」

事情がわからないリコシェは呆気《あっけ》にとられてしまったが、ライラの顔には見覚えがあったので彼女を信用することにする。リトレイユ公の衛士が射殺される非常事態になった以上、今までのように影武者を務めることはどのみちできない。

「わかりました。……でも、なぜ急に？」

ライラ下士補は流れるような動作でマスケット銃に弾を込めながら、そっけなく答える。

「私だってわからないよ。ああ、参謀殿から伝言を預かってた」

ライラは銃を担ぐとこう告げる。

「『君は君に戻れ』だってさ。意味わからんけど」

「私は私に……」

その言葉を噛《か》みしめ、不意に目頭が熱くなるリコシェ。

「お、おい。どうかした？」

ライラが動揺するが、リコシェは目頭を拭って笑いかけた。

「なんでもありません。仕度なんか結構、早く行きましょう」

たとえ這《は》いずってでもクロムベルツ大尉のところまで辿《たど》り着いてやる。

密《ひそ》かな決意を秘めつつ、リコシェは笑ってみせた。

第63話 死神クロムベルツ

「リコシェの救出、うまくいっているといいんですが」

「貴官はその話ばかりだな……」

　俺と大佐は帝都の宮殿で紅茶を飲みつつ、リトレイユ公逮捕のために待機していた。

　あまり大勢でぞろぞろ動く訳にはいかないので、ここにいるのは俺と大佐、それに歩兵科の子たちが数名だけだ。

　そして大佐は微妙に機嫌が悪い。

　ビスケットにベリーのジャムを塗りたくり……というか積み上げると、暴力的な糖質の塊を乱暴に口に放り込む。

「リコシェの身柄確保には、ライフル式騎兵銃を持たせた精鋭チームを派遣している。それに指揮官のライラ下士補は山の達人だ。これで無理なら私の兵ではどうにもならないだろう」

　しゃべりながら食べるから、口の端からジャムがはみ出してきている。

「閣下。口、口」

「わかってる」

「袖で拭わないで」

　これから五王家の一角であるリトレイユ公を逮捕するのに、袖がジャムまみれの指揮官じゃ格好がつかないだろ。

リコシェの話題になると機嫌が悪いのは、やっぱりリトレイユ公に対する怒りなんだろうか。リコシェの境遇にずいぶん同情していたから、たぶんそうだろう。

……フォローしておくか。

「小官は閣下を心から尊敬しております。閣下の参謀になれたのは小官最大の幸運でした」

「なんだ急に」

「大事なことは言えるときに言っておかないと、いつ言えなくなるかわかりませんので」

人間は急に死んじゃうからな。前世の俺みたいに。

今世の俺だっていつ死ぬかわからない。

アルツァー大佐はしばらく俺の顔を見ていたが、表情が目に見えて明るくなっていた。どうやら機嫌が直ったらしい。やはり敬意を伝えることは重要だ。

「貴官の敬意は心地好《よ》いな。失わぬように気をつけるとしよう」

「なんでそんなに心配そうなんですか。大丈夫ですよ」

彼女の果断だが慈悲深い人柄はこの一年半でよくわかっている。俺は一生、この人の参謀を続けるつもりだ。

この人が皇帝だったら良かったのにと思いつつ、俺は参謀としての職責を果たす。

「予定通り、選抜射手によるライフル小隊がリコシェ救出に向かっています。連絡用に騎兵二名をつけていますが、今のところ定時報告だけです」

「演習地に残した一個小隊からは？」

「そちらからも騎兵の定時連絡が。みんなで石窯を作って無発酵パンを焼いているそうです」

「楽しそうでいいな」

「陣地構築の練習ですよ。留守小隊は半数以上が新兵ですから、これぐらいが良いかと」

今回、帝都に来ているのは一個小隊。我々がここにいるのは極秘だから、あまり多数を動員する訳にはいかない。

旅団の精鋭は前述の通り、リコシェの救出任務だ。

「砲兵中隊は護衛の一個小隊と共に所定の位置で待機中です」

増員で三個小隊に戻った戦列歩兵だが、これで全部使ってしまっている。予備戦力は他師団頼みだ。

大佐もそこには気づいているようで、少しだけ表情を曇らせた。

「何をするにも兵が足りないな。もう少し増やしたいところだが、戦列歩兵になる女性など少ない方がいい」

「それは男性もですよ」

「確かに」

戦場で死ぬ人間は少ない方がいいに決まっている。

ただ、兵が足りないのも事実だ。今後の課題だな。

そのとき、ドアがノックされて旅団の女の子が入ってきた。

「旅団長殿、参謀殿、お時間です。作戦区域に異状ありません」

大佐が立ち上がりながら、当番兵の女の子に問う。

「皇帝陛下は？」

「先ほど急に予定を変更して、離宮に移動されました。足を引っ張りたくないとの仰せだそうです」

「なるほど、そういう考え方もあるな。確かにいない方がマシだ」

大佐は軽く溜息《ためいき》をつき、装弾した騎兵ピストルを腰のホルスターに収める。

俺も愛用の両手剣仕様のサーベルを腰に吊《つ》ると、大佐に笑いかける。

「また急に心変わりされて計画を台無しにされても困りますので、おられない方が好都合です。さっさと片付けましょう」

するると大佐は苦笑する。

「五王家の当主を『さっさと片付ける』か。貴官には怖いものがないらしいな」

「怖いものなら他にいくらでもあります。閣下を失うこととか」

「ふふっ」

嬉《うれ》しそうだな。

「では予定通り、作戦終了まで貴官に旅団の指揮権を与える」

それから大佐は当番兵を振り返る。

「全て予定通りだ。変更はない。総員に通達しろ」

「はい！」

なぜか当番兵は呆《あき》れた顔で俺たちを見ていたが、大佐の声にハッとして敬礼した。それから慌てて駆け出していく。

それを見送った後、大佐は俺に微笑《ほほえ》んだ。

「さて行くか。終わったら貴官の淹《い》れたコーヒーを飲ませてくれ」

どうやら大佐は俺に「戦死するな」と言っているようだ。最近わかるようになってきた。

俺は敬礼する。

「では焙煎《ばいせん》したてをお淹れしましょう」

自分で言ってて死亡フラグみたいだなと思う。

でも『死神の大鎌』は何も言わなかった。

✖
✖
✖

リトレイユ公は宮殿の一室に通され、皇帝が来るのを待っているはずだ。

もちろん皇帝は来ない。あのおっさんは土壇場で急に怖くなり、とっくに避難済みだ。少々情けない話だが、偉い人はそれぐらい慎重でもいい。

廊下の窓から中庭を見ると、リトレイユ公の馬車が停《と》めてあった。周囲には二十人ほどの騎兵が下馬して待機している。

大佐がぽつりと言う。

「中庭の指揮官はライラ下士補にやらせたかったな」

「狙撃の名手ですからね。ただ山岳活動のエキスパートでもありますので」

「わかっている。リコシェのいる山荘に派遣したのは正解だ」

俺たちはそれっきり無言で廊下を歩き続けた。

背後には六名の女子戦列歩兵が従う。今回は戦闘能力よりも度胸を重視し、肝の据わった子たちを旅団から選《え》りすぐった。リトレイユ公が相手でも怯《ひる》むことはないだろう。

目的の部屋の前には近衛《このえ》師団の兵士たちがいる。リトレイユ公の警備担当だ。中尉の階級章をつけた若い貴族将校もいた。厄介事を押しつけられた若手だな。

平民とはいえ俺は大尉なので、彼は緊張した顔で俺に敬礼する。

「で、では後はお任せします」

皇帝だけでなく、皇帝直属の近衛師団も今回の件からは距離を置きたいらしい。日和見主義者だらけだ。

だが火中の栗《くり》を拾うのは慣れている。俺は無言で答礼した後、ドアを軽くノックした。

「誰です？」

リトレイユ公の声だ。

俺が返事をすると声でバレかねないので、ここは近衛師団の中尉に取り次いでもらおう。

だが若い中尉は真っ青になってガタガタ震えている。

「中尉、返事を」

俺が押し殺した声で威圧すると、彼はようやく声を発した。

「陛下の使いが参りました。通してもよろしいでしょうか？」

「入れなさい」

招かれたら吸血鬼も死神も部屋に入れる。ただの参謀ならなおさらだ。

俺はドアを開けて入室した。

「失礼します」

広い客間で紅茶を飲んでいたのは、紛れもなくリトレイユ公だった。室内に護衛はいない。丸腰の従者と侍女が数名いるだけだ。

リトレイユ公は俺の顔を見た瞬間、全てを察したらしい。

「お前は⁉」

「リトレイユ公ミンシアナ殿。貴方《あなた》を逮捕するよう勅命が下りました。御同行願います」

俺は皇帝発行の逮捕状を広げてみせる。

次の瞬間、リトレイユ公はスカートの中から短銃を抜いた。王宮では許可された軍人以外が銃を携行するのは禁じられているが、護身用に隠し持っていたらしい。

「お下がりなさい！　近寄れば撃ちます！」

ほぼ同時に味方の戦列歩兵たちが銃を構える。銃の数は六対一。こちらの銃口は全てリトレイユ公を狙っている。

だがリトレイユ公は平然としていた。

「お前たちに私が撃てますか？」

嫌なとこ突いてくるヤツだな。撃てないんだよ。

俺たちが皇帝から命じられたのはリトレイユ公の逮捕だ。処刑でも暗殺でもない。撃てば命令違反になる。

だから命令書に「生死を問わず」という一文が欲しかったんだがな……。

大佐が溜息をついている。

リトレイユ公は銃を構えたまま、配下の使用人たちに命じる。

「ここは退《ひ》きます。お前たち、中庭にいる兵に合図しなさい」

「合図？」

俺は片手を上げた。

「合図というのは、こういうのですかな？」

俺が指をパチンと鳴らすと、戦列歩兵の一人が窓ガラスを撃った。銃声と同時にガラスの割れる派手な音が響く。

直後、雷鳴のような轟音《ごうおん》が中庭の方から聞こえてきた。シャンデリアが揺れる。

「な、何を⁉」

リトレイユ公が驚くのも無理はない。ロズ中尉率いる野戦砲中隊が馬車周辺を砲撃したのだ。

年配の従者が窓に駆け寄り、悲鳴のような声で叫ぶ。

「御前！　当家の護衛たちが！」

中庭にいたリトレイユ公の騎兵たちは、今ごろ野戦砲の散弾で壊滅している。馬が気の毒だが、騎兵たちに逃げられると困るんだ。

砲声はなおも轟《とどろ》いている。

ロズの砲撃は念入りなんだよな。「おしゃべりロズ」の大砲は、ロズと同じぐらいやかましい。

「ひいぃっ!?」

「きゃあああっ！」

使用人たちはパニックだ。

リトレイユ公もあまりの事態に動揺し、銃口と視線が違う方向を向いた。

チャンスだ。

俺は素手のままリトレイユ公に向かって走り出す。

「覚悟！」

「クロムベルツ大尉!?　おい待て、何をやっている!?」

背後で大佐の怒声が聞こえたが、ちゃんと考えあってのことなので許してほしい。

俺が踏み込んだ瞬間、リトレイユ公が憤怒の表情でこちらを睨《にら》んだ。銃口が俺に向けられる。

「こっ、この無礼者ぉっ！」

だが『死神の大鎌』は何も言わない。だから俺は構わずに突っ込んだ。

次の瞬間、リトレイユ公は躊躇《ちゅうちょ》なく引き金を引いた。「ガキン！」という音がして火打石が火花を散らす。

「大尉!?」

アルツァー大佐の声はほとんど悲鳴だった。

幸い、銃は不発だった。俺は無傷のまま、リトレイユ公にタックルを決めて絨毯《じゅうたん》の上に引き倒す。本当はこのままジャーマンスープレックスでも決めてやりたかったのだが、やり方がわからないので裏投げで我慢しておく。

すかさず大佐が叫ぶ。

「制圧せよ！　大尉を死なせるな！」

俺がよっこらしょと起き上がる頃には、戦列歩兵たちの銃剣がリトレイユ公の胸元に突きつけられていた。

俺は制帽を整えながらリトレイユ公に告げる。

「帝国法では任務中の将校を殺傷しようとした者は軍事裁判にかけることになっていますが、抵抗するなら射殺しても構いません。殿下は小官を撃ちましたのでこの法律が適用されます」

リトレイユ公は体を起こしながら俺を睨む。

「まさか、それを狙って!?　どうかしているわ！　死ぬつもり!?」

「殺すつもりだった貴方に言われたくないものですな。殿下を拘束しろ」

戦列歩兵たちがリトレイユ公を取り囲み、乱暴に立たせると手首を縄で縛る。

「痛っ!?　やめなさい！　お前たちが触れていい相手ではないのですよ！」

だが旅団の女の子たちは無言だ。表情に怒りが満ち満ちている。リトレイユ公の陰謀でキオニスまで遠征させられ、騎兵に襲われて死にかけたんだから無理もない。

リトレイユ公は連行されていったが、すれ違いざまに俺を憎々しげに睨んだ。

「死神クロムベルツ……。やはりお前は排除しておくべきでした」

「同感です。もう手遅れですが」

俺がそう答えると、リトレイユ公は妙な笑みを浮かべる。

「まさか私がこれで終わるとは思っていないでしょうね？」

「終わりですよ。貴方の罪が今、貴方に追いついたのです。連れていけ」

リトレイユ公は両脇を抱えられたまま、宮殿の一角に建つ塔に送られていった。塔の最上階には貴人用の監獄がある。

とりあえずこれでひとつ片付いたな。

そう思っていたら、背後から物凄《ものすご》い圧を感じて振り返る。

ちっこい大佐が仁王立ちになって腕組みしていた。

今までに見たこともないような表情で、大佐がギラリと笑う。戦列歩兵の銃口よりも怖い。

「あんな無茶を許可した覚えはないぞ、ユイナー・クロムベルツ参謀大尉」

「それはですね……あの銃を見た瞬間に不発だとわかりましたので……」

これは嘘《うそ》だ。単に『死神の大鎌』に反応しなかったので、当たっても致命傷ではないと判断しただけだ。

「そうか」

アルツァー大佐はリトレイユ公の短銃を拾うと、ゴテゴテと装飾のついたそれを天井に向かってぶっ放した。

パァンという破裂音が轟き、豪奢《ごうしゃ》なシャンデリアの一部が粉々になる。

雪のように舞い散るクリスタルの欠片《かけら》を背に、大佐は凄みのある微笑みを向けてきた。

「二度とするなよ？」

「……肝に銘じます」

ごめんなさい。もうしません。

たぶん。

大佐は銃を投げ捨てるとツカツカ歩き出した。

「次だ。ここは私とシュタイアー中尉で抑えておく。貴官はただちに出発してくれ。くれぐれもさっきのような無茶はしないように」

「はっ」

ここからが大変なんだよな……。

第64話 奸雄《かんゆう》の落日

私は今、リトレイユ公ミンシアナと向き合っていた。彼女は塔の最上階に幽閉されている。やや狭いが内装は豪華で快適だ。貴人の監獄としては相応《ふさわ》しい。

リトレイユ公はソファで優雅に足を組み、微笑《ほほえ》みながら窓の外を眺めている。

「陛下を懐柔するとは驚きです。しかしこんなことをすれば、帝国が崩壊しますよ？」

リトレイユ公はそう言って、困ったように笑いかけてくる。

「執拗《しつよう》に南下政策を採り続けるアガン王国を食い止めているのは、私の第五師団です。私に何かあれば北の守りがなくなります。そんなことも忘れたのですか？」

私は若干の不快感を覚えつつも、努めて事務的に返す。

「第五師団は貴公の軍隊ではない。あくまでも皇帝陛下の軍隊だ。資金を出しているのはリトレイユ家だが、それとてリトレイユ公個人の資産ではない。……そんなことも忘れたのか？」

多少不愉快だったので、虜囚相手に意趣返しなどしてしまった。我が身の不徳を恥じる。

私の言葉の意味するところは明白だ。

現当主のミンシアナがどうなろうが、リトレイユ家が消えてなくなる訳ではない。

先代当主も健在だし、弟のセリン殿もいる。当主を務められる者なら代わりがいるのだ。

だが私の言葉にリトレイユ公は肩をすくめる。

「私の影響力を侮っているようですね。既に帝室直轄領の近くに精鋭二万を配置しています。私を守るためなら皇帝にすら銃を向ける忠義の勇士たちですよ。その実力はアガンの侵攻を阻んでいたことで証明済みです」

並みの帝国貴族なら震え上がるだろうが、あいにくと私にそんな脅しは通用しない。

私には頼もしい参謀がいる。

「うちのクロムベルツ大尉がその第五師団の出身で、アガン軍と戦っていた張本人だ。第五師団の内情なら筒抜けだぞ」

もちろん私も全てを知っている訳ではない。

だがこの女も全てを知っている訳ではないだろう。

私とリトレイユ公は睨《にら》み合い、互いに牽制《けんせい》し合う。

なんとかして彼女から有益な情報を引き出したいが、こいつは嘘《うそ》つきだから普通の方法では無理だ。

少し揺さぶってみるか。

「帝室直轄領の近くをうろついている第五師団の部隊なら、とっくに捕捉している。だが数は二万もいない。この程度なら反乱を起こされても第一師団で抑え込める」

私がそう言うと、リトレイユ公はほんの一瞬だけ薄く笑った。

あの笑い、妙に引っかかる。何かとても嫌な感じだ。

しかし私が考え込もうとすると、リトレイユ公が嘲《あざけ》るように言う。

「まさか一戦交えるつもりですか？　アガンが攻め込んできますよ。ブルージュの二の舞になりたいのですか？」

この女の狙いはこれだ。国内での政争では隣国の脅威を盾に使う。

私はさっきの懸念を払拭するため、いったんここを出ることにして立ち上がる。

「貴公はもっと別の心配をするべきだな。窓の外をよく見ておいた方がいい」

次第に沈んでいく夕陽《ゆうひ》を眺めながら、私はリトレイユ公に冷酷な事実を伝える。

「あれがお前の見る最後の日没だ」

* * *

これが俺の見る最後の日没だろうか……。ふとそんなことを思う。

俺の目の前には、第五師団の幹部将校たちがひしめいている。将軍もいれば、参謀長や連隊長クラスの佐官もいた。

俺は今、第五師団の司令部にいる。目的はもちろん、第五師団を説得するためだ。

もちろん部外者の大尉ごときが何を言っても無駄なので、切り札を用意した。

リトレイユ公だ。

「皆、軽挙妄動は慎みなさい」

毅然《きぜん》とした態度で一同に告げているのは、リトレイユ公……にそっくりの影武者。つまりリコシェだ。

帝都近くの山荘にいた彼女を救出した第六特務旅団は、そのまま彼女をリトレイユ領まで極秘裏かつ大急ぎで連れていった。

俺も合流し、こうして第五師団の司令部に乗り込んだという訳だ。

リコシェはリトレイユ公そっくりの口調と仕草で続ける。

「私はこれより帝都に向かいますが、何があろうとも皇帝陛下の御沙汰に従うのですよ。あなた方が忠誠を誓うのは本来、帝室なのですからね」

将軍たちは無言だ。

ここにいる誰がリトレイユ公に味方しているのか、正確にはわからない。というのも大半は日和見を決め込んでいるからだ。旗幟鮮明《きしせんめい》にしている者はごくわずかだし、それすらパフォーマンスである可能性があった。

リコシェは語気を強める。

「私はこれまでの行いを反省し、過去を清算します。それゆえ帝室への反抗は許しません。これはリトレイユ家当主としての命令です。いいですね？」

「……仰せのままに」

諸将が頭を下げた。

第五師団のお偉いさんたちが意外とすんなり従ったので助かった。中にはリトレイユ公に与《くみ》する者もいるはずだが、彼らも自分の地位と出世が何よりも大事なんだろう。

将軍たちが退出した後、俺はリコシェに笑いかける。

「申し訳ありません、殿下。またしてもこのようなお役目を」

「いえ、こういうときのために私がいるのですから」

リコシェはにっこり笑う。見た目はリトレイユ公そっくりの糸目美女だが、こちらには人をホッとさせる温かみがある。人徳の差だな。

さて、これで第五師団の指導部は押さえた。リトレイユ公直々の命令となれば、彼らには静観する大義名分になる。

もしかすると、このリトレイユ公が影武者であることに気づいている者もいるかもしれない。だが気づかなかったと言っておけば何も問題はない。

「では帝都に戻りましょう、殿下」

「そうですね」

公式記録では、リトレイユ公はここで第五師団の将校たちに帝室への忠誠を示すよう訓示し、帝都に戻って幽閉されることになる。

ここを出ればリコシェは変装を解き、そしてもう二度とリトレイユ公の影武者には戻らない。

その後はアルツァー大佐が身柄を保護し、リコシェを下士長待遇で軍属にしてくれるそうだ。秘書官として身近においてくれるという。

彼女は変装を解いてもリトレイユ公に似ているので、余計なトラブルに巻き込まれやすい。リトレイユ領から離れ、第六特務旅団の軍属として働いていれば安心だ。

帰りの馬車に案内しようと思ったとき、不意に背後から声をかけられた。

「クロムベルツ少尉、いや今は大尉だったか。立派になったものだ」

そういやここは俺の古巣だった。俺は内心で溜息《ためいき》をつきながらも、笑顔で振り返る。

振り返った先にいたのは第五師団の副師団長だった。

階級はもちろん将官相当の将軍。俺にとっては雲の上の人だ。確かリトレイユ宗家の分家筋で、彼もリトレイユ姓を名乗っている。

「これは副師団長閣下。御挨拶が遅れて申し訳ありません。火急の折ですので」

俺が敬礼すると、白髪の老将軍は軽く手を上げた。

「貴官の言う通りだ。挨拶はいい。しかし貴官はリトレイユ公と親しい間柄であったかな？」

嫌なこと聞いてくるな、この爺《じい》さん。

副師団長クラスなら、俺が帝室御前会議でリトレイユ公に喧嘩《けんか》を売ったことは知っているだろう。そしてリトレイユ公がそんなヤツを許しておかないことも。

副師団長は俺の返事を待たず、偽リトレイユ公に向き直る。

「良い香りですな。いつもの麝香《じゃこう》ではないようですが」

こいつ、本物と影武者が香水で識別できることも知ってるみたいだぞ。偽者だと気づかれている。

だが副師団長がその気なら、さっきの訓示のときに「こいつは偽者だ」と言えば済んだはずだ。

黙っていてくれたということは……つまり、そういうことなんだろう。

俺が軽く目配せすると、リコシェはその意を酌んで穏やかに微笑む。

「ええ、こちらが私のまとうべき香りですから」

「なるほど……」

リコシェがあっさり「私は影武者ですよ」とバラしたので、副師団長は少し驚いたようだ。

だが怪物の巣のような師団司令部で最高幹部まで登り詰めただけあって、副師団長は取り乱すことはなかった。

「私もこの香りが当主に相応しいと存じます」

驚いたな。この爺さん、偽者の方がマシだとぶっちゃけたぞ。

それから副師団長は偽リトレイユ公に質問してきた。

「ところで例の者たちはどうなさいますかな？」

「例の者、ですか？」

「ええ。お雇いになった傭兵《ようへい》一万が、そろそろベリューンの廃城に集結した頃合いでしょう？」

何それ。初めて聞いたぞ。

貴族たちは使用人の一種として傭兵を召し抱えることがあるが、一万は桁違いだ。

傭兵は小作人や芸術家たちとは違い、雇っても利益を生み出さない。国内外で勝手な略奪などできないから出費だけだ。

だから貴族たちは傭兵を軍事力の調整に用い、ごく少数しか雇わない。必要がなくなればすぐに契約を打ち切る。

つまり一万人もの傭兵を雇ったこと自体が、これから軍事行動を起こす証拠と言える。

World Map

帝国軍が存在する今の御時世、軍事力を切り売りする在野《ざいや》の傭兵団はそれほど多くない。大半は素人同然のゴロツキだろう。統制は取れておらず、補給もまともにできないはずだ。

山賊と大差ないだろうから、放置しておくのはまずいな。

俺の表情を読んだのか、リコシェがすぐさま質問を重ねる。

「すぐにその者たちを呼び戻しなさい」

「我々は帝国軍人ではない者に命令はできません。御前の御命令なら聞くでしょうが、『代理の者』では難しいかと」

リトレイユ公はリコシェを信用していなかったから、影武者が勝手なことをしないように策を講じているのだろう。副師団長の言葉はそれを示唆している。

ベリューンの廃城といえば、帝都の喉元だ。傭兵たちが帝都を襲撃すれば大変なことになる。

だが俺は諦めない。

この副師団長はどうにかする手段を知っているからこそ、影武者に敢《あ》えて情報をリークしたのだ。取引の材料にするために。

そう考えてみると、指揮官の不在が気になるな。傭兵たちは戦術レベルの作戦なら立てられるが、戦略レベルの作戦は手に余る。帝室相手に戦争するなら士官教育を受けた専門家が必要だ。

攻略法があるとすれば、その辺りかな。俺は尋ねてみる。

「傭兵たちを指揮するのは誰ですか？」

すると副師団長は俺をじっと見て、それから静かに答えた。

「今動いている若手将校たちだよ、クロムベルツ大尉。彼らは本来の部下に加え、傭兵たちも指揮するよう命じられている。そうでしたな、御前？」

「……はい、そうでしたね」

それなら彼らを止めれば済む話だな。

俺は笑顔を見せる。

「では問題ありません。こちらにはリトレイユ公殿下もおられますし、後はお任せください」

副師団長は俺を値踏みするような目で見た。嫌な目だ。

「元より第五師団は軽々には動けない。兵は出せないが、全て任せていいのかね？」

「ええ。御安心を」

これだけ裏事情を知っている副師団長は、第五師団内部の親リトレイユ派トップに違いない。リトレイユ公が逮捕された後、報復人事の嵐が吹き荒れて親リトレイユ派は更迭される。

だから危険を冒して情報をリークし、手を汚さずに恩だけ売りに来たという訳だ。

考えようによってはなかなかにダーティな処世術だが、こちらとしては大変助かる。

だから俺の裁量でこう答えておく。

「第六特務旅団のアルツァー大佐は、閣下を大変高く評価しておられるはずです。小官も第五師団の一員だった者として、改めてそう進言するつもりです」

今後はアルツァー大佐が後ろ盾になるかもしれないよ。そう伝えておく。

案の定、副師団長の表情がわずかに柔らかくなった。

「そうかね。光栄なことだ」

ごく簡素な返答だったが、これは契約成立とみていいんだろうな。

日和見主義者のおかげで重要な情報が入ったのはいいが、これでまた面倒臭いしがらみがひとつ増えてしまった。

俺は副師団長に挨拶した後、リコシェを馬車に乗せる。護衛はうちの旅団の騎兵たちだ。

「このまま真っすぐ帝都にお戻りください。後はアルツァー大佐が何とかしてくれます」

「恩に着ます、クロムベルツ大尉殿。ですがあなたは？」

心配そうなリコシェに俺は敬礼した。

「予定通り、帰る前に残りの仕事を片付けてきます。馬車を出してくれ」

火種は全部消しておかないとな。

第65話 死神街道

俺は腰の両手サーベルをトントンと叩《たた》き、気持ちを落ち着かせる。兵の指揮は久しぶりだが、今回は人数が多い。

「大尉殿、敵斥候《せっこう》が本隊に戻りました。発見された様子はありません」

「わかった。もうしばらく辛抱して隠れててくれ」

こちらの斥候からの報告に俺はうなずいた。

ここはリトレイユ領の外れにあるベリューン城へと続く、たった一本の街道だ。

ベリューン城は百年以上前に廃城となって荒れ果てていたが、リトレイユ公が雇った一万人の傭兵《ようへい》がひしめいている。さっき斥候を送って確認した。

シュワイデル傭兵たちは万単位の大規模な軍事行動を計画することも、指揮することもできない。命じられた通りに戦うのが彼らの仕事だ。

だからリトレイユ公は戦略家や指揮官として子飼いの将校たちを送った。

今から彼らを迎撃し、傭兵隊との合流を阻止する。

ここは峡谷になっており、眼下の街道に対して左右の斜面から攻撃を加えることができる。うまい具合に身を潜める岩場も多数あった。

戦列歩兵を並べるには不向きな地形だが、散兵戦術を採るなら申し分ないだろう。

やがてまた斥候から報告が入る。

「大尉殿、所属不明の部隊が街道北側から接近中です。銃を持たない騎兵が十余り、戦列歩兵が千から千五百ほどです」

騎兵はたぶん将校たちだろうな。戦列歩兵は配下の部隊だ。

懐中時計を見ると、あと二時間ほどで日没だ。

今頃はアルツァー大佐がリトレイユ公を尋問しているだろう。今夜中にリトレイユ公の戦力を削《そ》いでおかないと、皇帝の気が急に変わって和睦などと言い出しかねない。

俺は伝令歩兵を通じて、配下の一個小隊五十名に命じる。

「指示あるまで待機。射撃合図は『妖精の踊り』、後退合図は『私を捕まえて』だ。各班で再確認しろ」

「はっ！」

大丈夫かな。戦場では命令を正しく伝えるだけでも難しい。聞き違いや勘違いによって兵が勝手な行動を始めることがざらにある。

だが野戦で三十倍の兵力を相手にするときには、どんなミスも許されない。緊張してきた。

眼下の街道は大きく湾曲し、山裾を迂回《うかい》している。その山裾に布陣しているのが俺たちだ。

「敵最後尾が予定地点を通過しました」

「姿が見えなくなるまで待ってから荷車で封鎖しろ。騎馬の通行を確実に塞げればいい」

まずは敵の退路を断つ。

それと前後して、俺の位置からも敵の隊列が見えてきた。第五師団の戦列歩兵たちだ。騎馬はやはり将校だ。騎兵はいない。大砲もない。

勝てる……かな？　ねえ『死神の大鎌』、そのへんどうなの？

俺の頼りない予知能力は何も教えてくれないが、俺が死ぬことはないらしい。俺の生き死になんかどうでもいいから、この戦いの勝敗を知りたいんだ。

よし、俺は負けたらここで戦死してやるからな。どうだ？

……やはり反応がない。いつものことだ。

やっぱり信頼度の低い予知能力に自分と部下の命を預けるのはやめておこう。今の俺は臨時で指揮権を預かった参謀、つまり作戦の立案から実行まで全部やらないといけない身だ。

やがて「敵の退路を封鎖した」という報告が入る。もうやるしかない。

俺は傍らを振り返った。鼓笛隊長のラーニャ下士補が微笑《ほほえ》んでいる。彼女は竪琴《たてごと》を持っていた。軍服に似合っていないが、今回はこれが必殺の兵器となる。

「一曲いかがですか、参謀殿？」

「ではお願いしよう」

俺はなるべく冷静を保ちつつ、旅の女楽士だったラーニャにリクエストする。

「『妖精の踊り』を」

「はい」

ラーニャがすぐさま、軽快なメロディを奏で始めた。

峡谷に竪琴の音が響くが、敵の隊列は乱れない。さすがにこれが攻撃命令だとは思わなかっただろう。

だがすぐに山肌のあちこちから狙撃が始まる。

「一番端まで命令が伝わった。止めてくれ」

俺がそう言うとラーニャは演奏を止め、心配そうな顔をする。

「ずいぶん離れてますけど、本当に届きますか？」

「従来のマスケット銃なら届かない。だがライフル式マスケット銃なら届く」

こちらは五十人が散発的に撃つだけなので、もちろん大きな被害は出ていない。だが敵の隊列は大きな的なので、撃てば大抵誰かには当たる。

近くにいる味方が撃たれれば兵は動揺し、指揮官としても対応策を考えなければならない。

「こちらの狙撃兵はわずか一個小隊だから、敵の指揮官の判断は『構わずに駆け抜ける』が正解だ。だがそれはできない」

「なぜですか？」

ラーニャが問うので、俺は苦笑してみせた。

「走った先に伏兵がいれば挟撃されて全滅だからな。索敵を行っていない場所に兵を動かさないよう、士官学校で徹底的に教え込まれる」

「そういうものですか」

「ああ。そしてリトレイユ公の子飼いの将校たちは従順で扱いやすいタイプばかりだ」

反骨心旺盛で決断力に優れた将校なんて、リトレイユ公が重用するはずがない。彼女が好きなのはお行儀の良い人形だけだ。

彼らはついさっき斥候を放ち、ここの安全を確認した。だが襲撃を受けた。

当然、この先にも敵の待ち伏せがあると思うだろう。

実際は何にもないんだが。というか、そんなに潤沢に兵を動かす余裕はない。

俺の副官を務めるミドナ下士長が言う。

「大尉殿、敵の反撃が」

「有効打にはならないから構わず撃ち続けてくれ」

こちらは高所に布陣し、岩場に隠れながら撃っている。しかも距離は百メートルほど離れているので、ほとんどの敵弾は届かない。届いたとしても殺傷力をほぼ失っている。

一方、こちらの射撃は敵後列まで完全に射程内に捉えている。撃ち合いは一方的だ。

「さて、リトレイユ公子飼いの将校どもが無能でなければ突撃してくる頃合いだな」

弾の届かない地点で撃ち合いをしても無意味だ。被害だけが増える。

となれば距離を詰めるしかないので、斜面を駆け上がってくるだろう。こちらの狙撃は精密だが少数で、接敵までの間に出る被害は大したことがない。

案の定、突撃ラッパが聞こえてきた。千五百の兵で斜面を駆け上がり、そのままこちらを蹂躙《じゅうりん》するつもりだ。戦力差が三十倍だから、そんな力押しも可能だろう。

もっとも俺だってそんなことはお見通しだ。

ミドナ下士長が緊張した表情になる。

「大尉殿、敵が！」

「落ち着け。ラーニャ、『英雄凱旋《がいせん》曲三番』だ」

ない。

「は、はい」

ラーニャ鼓笛隊長が竪琴を演奏する。この合図が何を意味するかは、第五師団の軍人には絶対にわからない。

わかるのは俺たち第六特務旅団だけだ。

あともうひとつあった。

「大尉殿、第四師団の射撃が始まりました」

「そのようだな」

街道の反対側の崖から、第四師団麾下《きか》の歩兵大隊が斉射を開始していた。

彼らの銃は旧式のマスケット銃だが、こちらも高所から撃ち下ろす形だ。しかも反乱軍は第四師団に背を向けており、将校たちも無防備な背中を晒《さら》している。

既に反乱軍は突撃態勢に入っているので、隊列は完全に乱れていた。

「大混乱だな」

第四師団から借りられたのはわずかに一個大隊五百人ほどだが、この規模の弾幕が降り注ぐと反乱軍が一斉にバタバタと倒れていく。それも後列の将校や下士官が。

あの中に俺の同期がいないことを祈りつつ、俺はつぶやく。

「挟撃は時差を置くことで、左右ではなく前後からの挟撃になる。……初等戦術演習で習っただろ」

陽動側を向かせることで、無防備な後背を主力側に向けさせる。基礎の基礎だ。

既に敵の指揮系統は混乱している。突撃命令と退却命令のラッパが同時に鳴り響き、戦列歩兵たちはどの命令に従うべきかわからなくなっているようだ。

斜面を駆け上がってきた敵兵も途中で勢いが弱まり、こちらの狙撃で次々に倒れていく。

「意外と元気なヤツが多いな。ラーニャ、『私を捕まえて』を頼む」

「はい、参謀殿」

俺は第六特務旅団の子たちを後方に下げ、敵との距離を取ることにした。散兵戦術を終わらせ、俺の周囲に集めさせる。

反乱軍の選択肢は少ない。こちら側の斜面を駆け上がっても戦闘には勝てない。ここには一個小隊しかいないからだ。おまけに狙撃兵たちはどんどん逃げる。

かといって反対側の斜面を登って第四師団と戦おうにも、あちらの斜面はほぼ崖だ。急すぎて駆け上がれない。

崖が石垣と同じ効果を果たしているので、これは純粋な野戦ではなく攻城戦に近い。となると三倍の兵力差でも厳しい。おまけに挟撃されて敵の隊列はグチャグチャだ。

まともな指揮官なら、もう戦おうとは思わないだろう。

ラーニャが演奏しながら、ふとつぶやく。

「あら？　敵が逃げ出しましたね」

「そりゃ逃げるだろう。逃げられはしないが」

街道の両端は石を積んだ荷車で塞いである。左右は垂直に近い急斜面だ。歩兵なら迂回できるだろうが、騎乗した将校は無理だ。

第四師団はここぞとばかりに盛大に撃ちまくり、第五師団の死体を積み上げていく。彼らに「同じシュワイデル人」という感覚はない。第四師団にとって第五師団は他家の軍隊だし、特に反乱軍は謀反人の一味だ。帝国の敵でしかない。

今回、俺は古巣の第五師団からも皇帝の第一師団からも兵を借りることができなかった。

メディレン家の第四師団に派兵要請が受諾されたのは、アルツァー大佐の実家だからに過ぎない。この国では何をするにも実家のコネが重要になる。

そんなことを考えていたせいだろうか、ミドナ下士長が心配そうに尋ねてくる。

「大尉殿、どうかなさいましたか？」

「何でもない。つまらない戦争だなと思ってな」

「つまらない……？」

「いや、面白い戦争がある訳でもないんだが」

失言だったかな。

俺は眼下の反乱軍が壊滅的な状態に陥っているのを見て、作戦計画の最終段階を実行することにした。

「店じまいにしよう。ベリューン城方面の街道封鎖地点に向かう。目標は敵士官だ。一人も通すな」

「了解しました」

五十人の狙撃小隊が一丸となって移動を開始し、封鎖地点で右往左往する敵を片っ端から撃ち殺す。

軍馬を乗り捨てて先に進もうとする将校たちを容赦なく撃つ。

廃城に集められた傭兵たちに反乱軍の将校が合流しなければ、傭兵たちは動かないだろう。仮に動いたとしても、指揮官不在では農民一揆《いっき》と大差ない。

だから将校だけは通せない。

やがて敵歩兵の大半が戦意を失い、リトレイユ領方面へと逃散《ちょうさん》していった。

しばらくして、確認できた敵将校全員を射殺あるいは捕縛したという報告を受ける。

「こちらの被害は？」

「ありません。……あんな大軍と戦ったのに」

ミドナ下士長は驚きを隠せない様子だったが、俺は首を横に振る。

「そうなるように作戦を立てて、貴官たちはそれを忠実に実行した。当然の帰結だ。それより早く帰らないと大佐に叱られる」

「はい、大尉殿」

ミドナ下士長とラーニャ下士補は顔を見合わせ、なぜかクスクス笑った。

第66話 リトレイユ公の最期

【空っぽの小瓶】

私は今、運命の岐路に立たされていた。

目の前の悪党……リトレイユ公ミンシアナの処遇だ。

彼女の前で報告書を読み上げる。

「先ほど、クロムベルツ大尉から早馬で報告が届いた。ベリューンの廃城に向かっていた第五師団の反乱軍を迎撃し、入城を阻止したそうだ。反乱軍将校たちの大半は射殺され、一部は捕虜となって尋問を受けている」

ミンシアナの顔色は悪い。唇が微《かす》かに震えているのは、あながち演技でもないだろう。

「まさか……。そんなはずはありません。嘘《うそ》はおよしなさい」

「別に貴公が信じる必要はない。好きにすればいい。だがこれで貴公の手札は全て失われたことになる」

ミンシアナは即座に反論する。

「軍事力ばかりが私の力だとでも？　私はリトレイユ家の当主なのですよ」

「その件だが、貴公はもうリトレイユ公ではない。ただのミンシアナだ」

「それはどういう……」

私は事実のみを彼女に伝えた。

「貴家には皇帝の助言があった場合に当主を引退させる規定があるそうだな。リトレイユ宗家は皇帝ペルデン三世の助言に基づき、貴公を当主不適格と判断した。今後は実弟のセリン殿が家督を継承し、貴公の父君が後見人を務める」

「まさか!?　嘘です！　そんな規定など聞いたことも……」

そう言いかけて彼女はハッとする。

私は小さく溜息《ためいき》をついた。

「そうだ。貴公も私も、そういった『隠された掟《おきて》』を知らない。私たちは嫡男ではないからな」

五王家の次期当主となる者は、幼少期から貴族社会の知識を叩《たた》き込まれる。

その中には最高機密となる『隠された掟』も含まれる。たとえ当主の実子であろうとも、家督継承者と見なされていなければ教えられることはない。

「当主の地位を剝奪する方法など広く知られては困るからな。貴公のような者には教えないだろう。お家騒動の火種になるだけだ」

「そんな……」

ミンシアナの顔は真っ青だが、それでも私は言わなければならない。

「明日、父君が『迎えの者』をよこす。表向きはそれで領内の山荘に送られることになっている」

「ま、待ちなさい！　父が私を生かしておくとは思えません！」

「その通りだ。貴公は故郷に帰るが、生きて帰る訳ではないだろう。まあ死去の公表は半年ほど置いてからになるだろうが」

「なっ!?」

リトレイユ公ミンシアナは病気か何かで弟に家督を譲り、故郷の山荘で療養するも惜しまれつつ逝去した。そういうことになる。

別に彼女の名誉のためではない。リトレイユ家の名誉のため、そして帝国貴族社会の秩序を守るためだ。

「そのような無法、決して許しませんよ」

「許さなければどうだというのだ。既に皇帝もリトレイユ家も貴公を見放した。第五師団も貴公の子飼い将校どもを粛清し、反ミンシアナ派が返り咲く。ベリューン城の傭兵《ようへい》たちは金銭の支払いの見込みがなくなって解散した。終わりだ」

ここにいるのは何の権力も持たない、私と同い年のただの娘だ。

「後は貴公がいつこの世を去るかだが、皇帝陛下はなるべく早く逝去して欲しいと思っているらしい。護送中に逃げ出されないよう、処刑してからリトレイユ家に引き渡すことになった。私が銃殺隊の指揮を任されている。夜明け前に終わらせろとのことだ」

もはや言葉も出ないのか、顔面蒼白《そうはく》になっているミンシアナ。

私は彼女のことが嫌いだし、この女のせいでキオニス遠征軍二万人が死んだことを許すつもりはない。

だがやはり心が痛む。一人の人間として同情する気持ちは消せない。

それでも任務は任務だ。私は私の務めを果たさねばならない。

「とはいえ、陛下とて五王家の前当主が平民の兵士に撃たれるのを心苦しく思っておられる。貴公は平民嫌いだからな。そこでこれを預かっている」

私は机上に小瓶を置いた。

「これは大変貴重な薬で、一切の苦痛なく眠りながら逝けるらしい。皇帝から直々に死を賜るなど、近年では希《まれ》なことだ。誇っていいぞ」

「冗談じゃないわ！」

ミンシアナは逆上して立ち上がった。

「私が嫡男だったら、こんなことにはなってなかったでしょうに！　女に生まれただけでこんな目に遭わされて！　貴方《あなた》も女なのに何も思わないの!?」

「思うことはある。だから私は実家を離れて軍人になり、階級の力でどうにか世間を渡ってきた」

貴族の女に生まれれば、政略結婚の道具になるしかない。それが嫌なら俗世を捨てて神殿で暮らすか、私のように軍人としてお飾り部隊の長になるか。

いずれにせよ選択肢はほとんどないだろう。

「だが貴公は貴族の身分を甘受し、何不自由ない生活を送った。クロムベルツ大尉のように道端のパン屑《くず》を拾い、石畳で眠ったことなど一度もあるまい。生まれの不幸ならクロムベルツ大尉の方が遥《はる》かに上だ」

私はミンシアナを睨《にら》みつける。

「私と部下たちは砲弾の下をくぐって砦《とりで》を死守し、砂塵《さじん》にまみれながら異教徒の騎兵と殺し合った。大事な部下を四人失ったぞ。全員女だ。女に生まれたことを呪う貴公が、その呪いで同じ女を殺したのだ」

「何を言っているのです？　死んだのは平民でしょう？　同じではありませんよ」

何が悪いのか本当にわからないという顔をしているミンシアナに、私はもう怒る気も湧かなかった。

この女にどんな言葉を尽くそうが何も伝わらないのだろう。話し合うだけ無駄だ。

そう思わせてくれた彼女に感謝する。おかげで心の痛みが少し薄れた。

「ではこの問題は男女ではなく貴賤《きせん》の対立だな。貴公を撃ちたい兵士は大勢いるから、銃殺隊は多めに用意した。楽に死ねるだろう。これから処刑を執行する」

私が机上の小瓶に手を伸ばすと、ミンシアナは叫んだ。

「待ちなさい！　リトレイユ家の当主が平民に……それも獣のように銃で撃ち殺されるなど、許されないことですよ！」

私は小瓶を手に取ると、それをミンシアナに差し出した。

「なら皇帝から賜った死をもって逝け」

ミンシアナは額に汗を浮かべながら、机上の小瓶を凝視する。

「私が……これを……」

「これが貴公にできる最後の選択だ。処刑か自害か好きな方を選べ」

「で、ですが……。ところでクロムベルッツ大尉はどこです？」

「ここにはいない。あの男の優しさに縋《すが》ろうとしても私が許さん。貴公は彼を謀殺しようとしたからな」

あの男は優しすぎるから、不可能だとわかっていても「死んだことにして隠棲《いんせい》させられないか」などと検討するだろう。

だがそれは軍人として許されない行為だ。我々軍人は殺すべきときには必ず殺さねばならない。

クロムベルッツもそれはわかっているから、結局は任務を優先させる。そして割り切ることができずに心に傷を負う。そういう男だ。

私の参謀は優しすぎるからな。

「死神クロムベルッツ」の異名など、彼の本質を何ひとつ表現できていない。

だから私がこの女の死神になる。

「貴公がこれを飲むなら最期まで見届けよう。その程度の慈悲と義理はある」

「の……飲めばいいのでしょう、飲めば……」

目に見えて震えながら、ミンシアナは小瓶を手に取った。

凝った細工のガラス瓶は、まるで香水瓶のようだ。この女の最期を彩るのに相応《ふさわ》しい小道具かもしれない。

ミンシアナは食い入るように小瓶を見つめ、震える指で封を切る。息が荒い。

「全部……飲めばいいのですか？」

「その方が確実だろうな」

同情していい相手ではないとわかってはいるが、それでもやはり可哀想《かわいそう》になってきた。自害を強要されるなど、彼女の性格では耐えられない屈辱と恐怖だろう。

だが私の死んだ部下たちは、死を受け入れる猶予すらなかった。

憐憫《れんびん》の情を強めぬよう、私は敢《あ》えて非道な笑みを浮かべてみせる。

「貴公は静かな部屋でソファに腰掛けたまま死ねるのだ。私の部下たちは冷たい砂の上で死んだぞ」

「平民と一緒にするなんて、貴方はどうかしているわ……」

ミンシアナは小瓶を手にまだ震えていたが、私が腰のサーベルに手を伸ばした瞬間に慌てて飲み干した。

「んっ……うぐっ……」

毒薬の瓶を一気に飲み干し、その瓶を絨毯《じゅうたん》の上に投げ捨てる。

「の、飲みましたよ！　さあ私の覚悟を讃《たた》えなさい！」

「……そうだな。それは認めよう。やはり貴公は貴族だった」

ここで自棄《やけ》になられても困る。礼儀として一応褒めておく。

解毒薬も治療法も敢えて作られなかった『皇帝の毒薬』だ。今すぐに毒薬を吐き出しても間に合わない。

ミンシアナの死は確定した。彼女はもうすぐ死ぬ。

ミンシアナは冷や汗で全身びっしょりと濡《ぬ》れていたが、やがて視線を彷徨《さまよ》わせながらフラフラと立ち上がる。

「この部屋でなら、どこで死のうと同じなのでしょう？　せめて休みたいわ」

「寝台に行くか？」

「そうですね……」

ミンシアナは天蓋付きのベッドに横たわる。私は彼女の肩を抱き、それを介助した。道連れにされないよう、攻撃を警戒しながらだが。

汗に濡れた前髪を払い、仰向《あおむ》けになったミンシアナがつぶやく。

「死ぬのね、私……」

「苦しくはないか？」

「ええ。ただ少し、息苦しい気がしますわ」

それを裏付けるように、ミンシアナの呼吸がハアハアと荒くなってくる。

ふと気づくと、ミンシアナが私を見ていた。今までに見せたことのない、すがるような目だ。

「怖いの……。逝くまで、手を……手を握っていてくださる……？」

私の部下たちを死なせておいて、そんなことをよく頼めたものだ。

だがそれを拒むだけの強さは私にはなかった。

渋々ではあるが無言で手を握る。

「わ……私の、最期の見届け人が、五王家の……だなんて、悪くな……」

ようやく意識が薄れてきたようだ。このまま眠りに落ちれば、安らかに最期を迎えられるだろう。

大勢の人間の人生を狂わせてきた大悪人だが、無駄に苦しめる必要もない。

「ねえ、アルツァー……」

「なんだ」

「もし、生まれ変わったら……今度は友達に……なってくださる……？」

お断りだ。

そう思ったのに、全く違う言葉が口から出た。

「私の言うことを素直に聞くのならな」

無意味な約束だ。フィルニア教安息派には生まれ変わりなどない。死後の行き先は冥府の安息の地と決まっている。

だがミンシアナは童女のようにあどけなく笑った。

「ありがとう……じゃあ良い子にする……。踊り疲れてとても眠いわ……ちょっと寝て、目が覚めたら……冬離宮のお庭を散歩しましょう……砂糖菓子もいっぱい……」

意識が混濁して昔の夢を見ているのだろうか。

ふと視線を床に向けると、空っぽの小瓶が月光に濡れていた。

リトレイユ宗家の家督を奪い取り、戦乱と政争の果てに彼女が得たものがこの毒薬の小瓶ひとつだ。

愚かとしか言いようがないが、これが彼女の望んだ人生だったのだろうか。

そうだ。彼女に聞いておきたいことがあった。

「貴公はなぜ、わざわざ当主の座を奪った？　あれほどまでに権力に固執した理由は何だ？」

返事はなかった。彼女は二度と醒《さ》めぬ眠りに落ちていたからだ。

それからしばらくすると、微かに上下していた胸も止まる。

絡めていた指がほどけて、するりとシーツに落ちた。

「……おやすみ、ミンシアナ」

私は制帽を被《かぶ》り直し、典医たちを呼ぶために立ち上がった。

第67話 検死

俺が女子戦列歩兵たちと共に帝都に戻ったのは、戦闘の翌日だった。ベリューン城に集結していた傭《よう》兵《へい》たちの説得と部下たちの休息のため、現地で一泊せざるを得なかった。

そして戻ってくるなり、俺は衝撃的な事実を知る。

「そうですか、リトレイユ公が亡くなりましたか……」

逮捕後すぐに死亡したのは意外だった。死神などと呼ばれる俺だが、他人の死期なんか全く見通せない。

だがもちろん、彼女の死は自然死ではないだろう。

アルツァー大佐はどことなく落ち着かない様子で、そわそわしながら俺に告げる。

「被疑者死亡のため、予定されていた審問会は中止になった。これから皇帝陛下の侍医たちが検死を行う。軍関係者として同席を頼む」

「承知しました」

今回の件は帝国軍が深く関与しているから、その代表という訳か。

平民出身の大尉じゃ少々軽いが、陰謀の後始末を誰かに押しつけるのも気が引ける。彼女を死に追いやったのは参謀の俺だ。

そう思っていたのだが、リトレイユ公ミンシアナの検死は予想以上に過酷なものとなった。

宮殿の南向きの一室に、彼女の遺体は安置されていた。検死というから薄暗い霊安室みたいなのを想像していたが、部屋の中はとても明るい。

ベッドに寝かされているリトレイユ公の亡骸《なきがら》。死に顔は穏やかで眠っているようにしか見えない。

毒薬を飲んで自害したそうだが、自分で飲むとは思えないから自害を強要されたんだろう。彼女の性格的に一悶着《ひともんちゃく》あったのは容易に想像がつく。

そして彼女は全裸だった。もちろん上からシーツを被《かぶ》せられてはいるが、どうやら結構しっかりした検死を行うらしい。

この時代の検死なんて、せいぜい脈を取って死亡を確認する程度だと思っていた。

やがて帝室に仕える侍医たちが入ってくる。

最初に侍医長の内科医。続いて外科医。いずれも五十代ぐらいの男性だ。その後に助手らしい若手の医師たちが続く。

彼らは俺と大佐に一礼した。俺たちも軽く会釈する。

外科医が最初にこう言った。

「はじめまして、帝室侍医団のフォービエン外科部長です。まず外傷の有無を確認いたします。諸君、シーツを取りなさい」

フォービエン医師の指示でシーツが取り除かれた。

これ……俺が見ちゃってもいいんだろうか。大嫌いな政敵だったとはいえ、相手は女性だ。彼女も俺なんかに素肌を見られたくないだろう。

俺は隣の大佐にそっと耳打ちする。

「閣下、小官は後ろを向いていた方がいいのでは？」

「検死の見届け人が後ろを向いていてどうするんだ。貴官の優しさは知っているが、今は任務に徹しろ」

大佐にたしなめられてしまった。

すまん、リトレイユ公。

俺が居心地の悪い思いをしていると、外科医たちは容赦なくリトレイユ公の遺体を調べ始める。

「ドネフ君、殿下の御口《おくち》を開いて。そう、敬意をもって丁寧にな。マクミラン君、鏡を当ててくれ」

なんで南向きの明るい部屋で検死するのかわかった。ライトのない時代だから、太陽光を鏡で反射させて内部を照らすんだ。

俺の視線に気づいたのか、フォービエン外科部長が物静かな口調で言う。

「他殺の可能性を排除するため、御遺体の口腔《こうくう》内に傷がないか確認しております。口蓋から脳髄に抜けるように短剣を突き刺す方法もございますので」

大佐が納得したようにうなずく。

「ああ、なるほどな。結構だ、我々に構わず続けてくれ」

「はい、閣下。……ふむ、よろしい。次は鼻腔《びくう》だ」

てきぱきと調べていくフォービエン医師。医療の未発達な世界だが、それでも帝国最高峰の外科医となれば相当なものだ。

「よし、耳孔を。……うん、傷はないな。所見を記録しなさい」

「はい、先生」

「では次だ。殿下の御髪《おぐし》を解きなさい」

　首から上を隅々までチェックされるリトレイユ公。

　首から上のチェックが終わると、次は首から下だ。外科医たちは大きなレンズを手にして、腋《わき》の下や臍《へそ》などを順番に見ていく。

「シワや爪の間も全て調べなさい。針の痕などはないか？」

「見当たりません」

　上半身が終わると、フォービエン医師は助手たちに命じた。

「脚を開きなさい。脱臼しないよう丁寧にな」

　そこまで調べるのか……。いや、当たり前なんだろうけど。

　フォービエン医師は振り返り、アルツァー大佐に申し訳なさそうに告げる。

「同性として御不快でしょうが、お許しください。頭部の七孔と鼠径部《そけいぶ》の二門は目立つ痕跡を残さずに致命傷を与えることができるため、必ず中まで調べることになっております」

　大佐は軽く手を上げる。

「当然の処置だ、気にしないでくれ。我々の死体の扱い方はもっと荒っぽい」

「御配慮恐れ入ります」

　フォービエン医師は一礼すると、再び検死作業に戻る。

「もう少し奥まで光を当てて」

「先生、出血があります」

「いや……これは月の物だ。目立った傷はない」

俺はリトレイユ公のことが嫌いだったが、さすがに気の毒になってきた。

外科医たちが外傷の有無をチェックした後は、内科医でもある侍医長が最終的な検死を行う。前世の近世ヨーロッパでもそうだったが、この世界でもやはり内科医の方が権威があるらしい。

「ふむ……」

侍医長は腕組みし、深く考え込む。彼はリトレイユ公が毒を飲んだことを知らされていないはずだ。これは極秘事項だ。

彼はアルツァー大佐に向き直る。

「閣下。リトレイユ公の死因は特定できませんでした。考えられる死因はいくつかありますが、決定的なものがありません」

正直な人だ。科学者として信用できそうだ。

アルツァー大佐は真面目な顔でうなずく。

「そうか。可能性としてあり得るものを教えてはくれないか？」

「ご存じでしょうが、帝国伝統医学の人体観では地・水・火・風の四元素に陰陽の二態が加わり、八相を成します。全ての病はこの八相で説明できます」

士官学校で俺も習ったな。バカバカしいので聞き流したけど。

ただこの伝統医学、理論はメチャクチャなのに治療実績は意外と良い。数百年の経験に裏打ちされた治療法だからだ。そのため皇帝や貴族たちからも信頼されている。

侍医長は講義するような口調で続ける。

「御遺体の各部位をこの八相に当てはめて診断いたしましたが、諸相が入り乱れており断定に至りませんでした」

病死じゃなくて毒殺だからかな……？

「貴人ほど四元素の力が強く、陰陽も強く発現すると考えられております。諸相が入り乱れるのもリトレイユ公の血筋の為《な》せる業かと」

この世界では貴族と平民は別の生き物と考えられているので、こういう理屈が罷《まか》り通る。いやむしろ、貴族と平民を区別するためにこんな屁理屈《へりくつ》が存在しているんだろう。

アルツァー大佐は小さく溜息《ためいき》をつき、重ねて問う。

「では伝統医学は置いて、貴殿の経験ではどうだ？」

侍医長はしばらく沈黙した後、ぼそりと告げた。

「直接の死因は窒息でしょうな。ですが絞殺の痕はありませんし、酒や薬物の兆候も確認できませんでした。爪などを見ても、お苦しみになった形跡がありません。閉め切った室内で火を焚《た》いたときは苦痛を伴わない窒息が起こりますが、御遺体の血色がそれとは違います。ま、何らかの御病気でしょう」

侍医長はリトレイユ公の死因が毒殺であることを知っているんだろうか。もし知っているのなら、隠蔽に協力してくれていることになる。

あんまりあれこれ聞かない方がいいんじゃないだろうか。

「閣下」

「ああ、わかっている。この後、リトレイユ家の侍医たちも遺体の確認を行う。そのときに彼女の持病についても聴取を行う予定だ」

「承知いたしました。何か情報があれば御連絡をお願いします」

「そうしよう」

侍医長たちはそれぞれの所見をまとめ、書類に署名する。これでリトレイユ公の死因は「おそらく病死」となった。

何通もの書類のうち、一通がアルツァー大佐に手渡される。

「こちらが検死報告書の写しです。同じものを各王家に提出いたします」

「ありがとう。メディレン家の分は私が預かっておく」

一方、外科医のフォービエン氏はじっとリトレイユ公の遺体を見つめていたが、侍医長たちの退出に伴って部屋を出ていった。

残されたのは俺たち二人と、検死を終えたリトレイユ公の遺体だ。

彼女の亡骸はさっきと変わらず、生前の姿をそのままに残している。敷かれたシーツが乱れ、髪を解かれているせいで、ちょっと正視しづらい感じになっていた。

「敵とはいえ、この扱いは気の毒ですね」

思わずそんなことを口走ってしまったが、大佐は俺を責めなかった。

「そうだな。だがリトレイユ家の検死の前に、侍女たちが来て髪を結い直してくれるそうだ。生前の威厳を取り戻してくれるだろう」

大佐は疲れたような口調で言い、フッと苦笑した。

「どのみち、彼女の死体にもう大きな意味はない。ここから先は検死報告書の方が政治的に重要な意味を持つ。魂と政治的価値を失った肉体は丁重に弔われる」

彼女の悪行を思えば、埋葬してもらえるだけまだマシだと思う。だがそれでも、人として哀れみの感情は抑えきれない。

「五王家の当主でさえ、死ねばこの扱いですか」

「五王家の当主だから、だよ」

大佐は制帽を脱ぎ、前髪を邪険に払う。

「家督を継承した瞬間から、彼女は帝国を構成する主要な部品になったのだ。個人の意志だの尊厳だのは後回しにされる」

なるほどな。

俺は路上生活時代、貴族たちは周囲から尊重されて楽しくやってるんだと思っていた。

だが眼前のリトレイユ公の遺体は、そうではないことを教えてくれた。

死にたくもないのに死なねばならず、死ねば死んだで政治的な危険物扱いだ。紙切れ一枚と交換できる程度の尊厳しかない。

荒野で朽ち果てていく戦列歩兵や、飢饉《ききん》や疫病で共同墓地の穴に投げ込まれる農民と、どれぐらい違うのだろうか。

今の彼女は、彼女自身が踏みつけてきた多くの屍《しかばね》とそれほど変わらないように思えた。

午後の陽光を浴びて哀《かな》しいほどに白いシーツを、俺はじっと見つめる。

「もしかすると、彼女はそれが嫌でこんなことをしたのかもしれませんね」

「かもな。いずれ地獄で再会したら聞いてみよう」

「地獄ですか」

「ああ。私は安息の園には行けそうにもないよ」

アルツァー大佐は壁際の椅子に腰掛け、深々と溜息をつく。

「クロムベルツ大尉」

「なんですか？」

「私がああなったときは、検死の立会を務める将校は貴官に頼みたい」

さっきまでの陰鬱な様子が嘘《うそ》のように、アルツァー大佐の表情は晴れやかだった。

その不自然な明るさと申し出の内容に俺は困惑する。

「小官でいいんですか？」

「貴官なら不満はないぞ。違う将校を連れてきたら祟《たた》ってやるからな」

冗談っぽいけど完全に本気の口調だった。怖い。

じゃあここは冗談っぽく本気で返すか。

「では小官がああなったときは、閣下にお願いしてもいいですか？」

「断る」

大佐はふくれっ面で腕組みをした。なんでだよ。

「貴官が戦死するときは、私もこの世にはいないだろう」

「それは小官の台詞《せりふ》です。閣下を一人で死なせる気はありません」

「ふむ」

大佐は少し考え込む。口元がにやけていた。

「じゃあ死ねないな……」

「なるべく死なないでください」

今日の大佐はちょっと変だぞ。心配になってきた。

そのとき、ドアがノックされて宮廷の侍女たちが入室してきた。彼女たちは俺たちに一礼する。

「次の検死の前に、リトレイユ公殿下の御髪《おぐし》を整えさせて頂きます」

「承知した。それと遺体の付き添いを頼む。我々の仕事は終わりだ」

大佐は制帽を被り直しながら立ち上がった。

「行こう、大尉。生きている私にコーヒーを淹《い》れてくれ。とびきり熱くて濃いやつをな」

なんだか無理して笑っている大佐に、俺は強い不安を覚えながら微笑《ほほえ》みかける。

「では最高の一杯をお作りしましょう」

第68話 甘い誘惑

　俺たちは宮殿の中に用意された客室に戻り、部下や他家の報告を待つことにする。といっても主な対応はロズ中尉がやってくれるから、俺たちは休憩だ。

　ついでに大佐にコーヒーも淹《い》れてあげよう。なんか落ち込んでるからな。

　俺は「何かあったんですか？」とか「元気出してください」などとは一切言わず、ただ無言でコーヒー豆を焙煎《ばいせん》した。

　慣れとは恐ろしいもので、最近は音だけで煎り具合がわかる。この豆なら中煎りから半歩ぐらい進んだところで焙煎を止めるのが大佐好みだな。

　大佐はソファにもたれて黙っていたが、やがてぽつりとつぶやいた。

「クロムベルツ大尉」

「なんです、閣下？」

「私は昨夜、人として恥ずべきことをした」

　大佐は制帽を目深に被《かぶ》り、暗い口調で続ける。

「皇帝は五王家間の不和を何としても避けようとした。審問も処刑も行わず、何の記録も残さず、ひっそりと幕引きにしたかったのだ」

　俺は焙煎の手を止め、大佐に向き直った。

「そこで閣下が勅命を受けて自害を強要なさった訳ですか。虚実を織り交ぜ、半ば恫喝《どうかつ》して」

大佐は驚いたように顔を上げる。

「今のでよくわかったな？」

俺はコーヒーミルに豆を入れると、ハンドルをガリガリ回しながら答える。

「閣下の性格と状況を考えると、他に落ち込む理由が思いつきません」

「さすがは私の参謀だ」

そんなんじゃないよ。俺の前世には詰め腹を切らされる武士の話とか色々あったからな。実態は処刑だが、あくまでも自発的意志による自害だ。

そしてここでも同じことが起きた。人間のやることは異世界でも変わらない。

それだけだ。

「幽閉中の罪人が勝手に死ぬ分には、誰の責任でもありませんからね。それに検死結果は病死です。死者を裁く法は我が国には存在しませんし、査問会も開けませんから、これで一件落着です」

事情を知らない平民たちは病死の発表を信じるだろうし、事情を多少知っている貴族たちは「自害したから罪を免じて病死扱いにしてもらったんだな」と察する。なべて世は事もなし、だ。

「閣下は軍人として貴族として、勅命を忠実に果たされたのです。賞賛される行いではありませんか」

だが大佐は哀《かな》しそうに笑う。

「貴官はそう思っていないだろう？」

「ええ。ですがその重責を閣下が一人で果たしてくださったことに、正直安堵《あんど》しております。そんな自分が許せません」

俺は卑怯者《ひきょうもの》だ。

ちょうど暖炉でヤカンの湯が沸いた。俺は湯を注ぎ、コーヒーを抽出する。

「閣下がその役目を引き受けなければ、他の誰かがしていたでしょう。もし誰もしなければリトレイユ公は自害せず、審問会を経て帝室の秘密裁判に至り、最期は公開処刑です」

「さすがにそうはならなかっただろう。リトレイユ家も彼女を始末したがっていたからな」

「なら、どのみち彼女の末路は決まっていた訳です。損な役目を押しつけられたのが閣下だった、というだけの話ですよ」

コーヒーの湯気がふわりと漂う。だが俺の嗅覚は鈍く、あの甘く切ない芳香を前世ほど感じることはできない。リトレイユ公の香水の違いも軽視してしまった。

その代わり腐敗臭にも鈍いから、この不潔極まりない異世界でもどうにか順応できた。失うことは得ることでもある。そう思う。

「とはいえ、それで閣下の負い目が消える訳ではないことぐらい承知しております。小官にできることといえば、お側《そば》にいてコーヒーを淹れることぐらいでしょう」

宮殿には極上の茶器が潤沢に所蔵されており、今日はナントカ……カントカという、よくわからない名工の逸品を使わせてもらう。極薄の白磁に金の縁取りが美しい。

俺の淹れたコーヒーによって、その白と金がさらに引き立つ。今だけは俺は軍人ではなく芸術家だ。

俺は湯気の立つカップを大佐の前に置き、隣に天使をあしらったシュガーポットを添えた。

「どうぞ、閣下。エチピアアル産の長期熟成豆を中煎り粗挽《あらび》きにしました。閣下好みの甘い香りと、優しい酸味をお楽しみください」

「ああ……。ありがとう」

大佐は何だか気の抜けたような顔をして、おずおずと手を伸ばす。砂糖を何杯も入れているが、

「ちょっともうおやめになった方が……」と言いたくなるのを我慢して見守る。飲み方は自由だ。

それからコーヒーの香りを大きく吸い込むと、カップを両手で持って、ちょび……と一口飲んだ。

大佐の張り詰めたような表情が、ふわりとほどける。

「美味《うま》い。いつもの味だ」

「光栄です」

これじゃ執事だよ。

それっきり大佐は無言になり、メチャクチャに甘いであろうコーヒーをちょびちょび飲む。俺は無言で自分のコーヒーを飲んだ。このモカっぽい感じ、俺も大好きなんだよな。

ロズとハンナは酸味よりもコク重視なので、しっかり乾燥させた豆を深煎りにしたのが好きだ。俺は砲兵式コーヒーと命名している。

ふと大佐を見ると、彼女は穏やかに微笑《ほほえ》んでいた。よかった、少し落ち着いたようだ。

「貴官とこうしてコーヒーを飲んでいると、少しだけ日常が戻ってきた気がするよ。ありがとう、大尉」

「それは何よりです。日常の雰囲気は重要ですからね」

俺たちは戦場という非日常の空間で仕事をするが、基本はやはり日常の空間で生きている。人間らしい心の余裕を取り戻すためにも、日常を失ってはいけないと思う。

大佐はつま先をぷらぷらさせつつ、俺を見て笑う。

「貴官のコーヒー話が聞きたいな。前に聞いたのでもいい」

「では……」

俺は大佐の好きなモカコーヒーについて説明することにした。

「小官も見たことはないのですが、このコーヒー豆は農家の屋根で天日干しにして乾燥させるそうです。ただ屋根には並べきることができないので層ができてしまい、乾燥ムラが生じるのだとか」

「それはいけないな」

「いえ、それがいいのです。下の方の豆は乾燥が遅く、その間に発酵が進みます。それが独特の香りを生み出しているそうですよ」

これは前世に本で読んだ知識だが、たぶんこちらの世界でも同じように作っているのだろう。味や香りがそっくりだ。

「発酵が進んだ豆だけでは臭くて飲めたものではないでしょうが、それが混ざることによってこの甘く気品のある香りが生まれるのです。第六特務旅団もそうあるべきかと」

「うちの旅団もか？」

「はい。兵士には勇敢な者も臆病な者もいます。臆病者ばかりでは戦えませんが、勇敢な者ばかりというのも危なっかしい。それに歩兵と砲兵では求められる資質が違います」

俺はコーヒーの水面をじっと見つめる。

「異なる者たちが力を合わせたときほど強いものはありません。リトレイユ公は自分と異なる者たちを認められなかったため、強力な地盤を築くことができませんでした。ですが閣下は違います」

　そう言って俺は笑いかける。

「小官のように下層で湿っていた豆でも、閣下というコーヒーの中ではひとつの役目を果たせます。それは閣下の懐の深さのなせる業です」

　平民の女性を本気で守ろうとした貴族なんて、アルツァー大佐以外に見たことがない。変わり者にも程がある。

　慈善事業に取り組む貴族たちのほとんどは、単なる道楽か名声が目当てだ。俺はそういう連中を山ほど見てきた。

「小官やロズ中尉やハイデン下士長にとって、閣下が正義の人かどうかは関係ありません。閣下がおられなければ、我々は使い捨てにされていました。少なくとも小官にはアルツァー大佐、あなたが必要なのです。これからも」

　ちょっと卑怯な言い回しだっただろうか。

　アルツァー大佐はカップを持ったまましばらく硬直していたが、やがてカップを口に運んだ。

「なるほど。つまり貴官は私に罪悪感を抱いたまま生きていけと言っているのか」

「おおむねその通りです。閣下がリトレイユ公のことを思い出されるたびに、それは鎮魂の祈りになるでしょう」

　リトレイユ公は二万の将兵を戦死させ、五王家に修復不可能な亀裂を生み出した極悪人だが、彼女の死を看取《みと》った大佐は彼女のことを生涯忘れないだろう。言っちゃ悪いが、リトレイユ公には過ぎた冥福だ。

大佐は困ったように微笑み、残ったコーヒーを一気に飲み干した。

「まったく悪い参謀だな、貴官は」

「光栄です」

笑いながら胸に手を当ててお辞儀する。

すると大佐はニヤリと笑った。

「それと、今の会話でもうひとつわかったことがある」

「何ですか？」

「貴官は転生者だな」

えっ!?

第69話 ただひとつの名

大佐を慰めているつもりだったのに、いきなり転生者だと言われた俺はさすがに戸惑う。

なんでわかったんだ!?

まずい。フィルニア教安息派は転生を認めていない。転生者だとバレたら異端審問だ。たぶん火あぶりになる。

とはいえ、別に信心深い訳でもないアルツァー大佐が俺を告発するとも思えない。そんなことしても何の利益にもならないしな。

落ち着け俺。これはたぶん……そう、きっと何かの隠喩だ。あるいは冗談。

すると大佐は俺に顔を近づけながらこう問う。

「クロムベルツ大尉。貴官はエチピアル産のコーヒー豆がどうやって熟成されるのか、知っていたな？あの独特の香りが生じる原因も」

「はい。まあ、想像ですが」

するとアルツァー大佐は不自然なほど優しく微笑《ほほえ》む。

「エチピアル産コーヒー豆の香りはコーヒー商人たちの七不思議のひとつだ。輸入を仕切るメディレン家や仲買人のフィニス商人たちも、あの独特の風味がなぜ生じるのか知らない。貴官はなぜ知っている？」

しまった。

いやでも前世のエチオピア産のモカコーヒーはそうらしいし、名前も香りもそっくりだから熟成法も同じだって思うよな!?

俺の思考は前世の知識に引っ張られる。アルツァー大佐のミドルネームとかシルダンユーとかで半笑いになってたら、思わぬところで足をすくわれた気分だ。

とにかくこの場を切り抜けないと。

「いやまあ、想像ですので……」

「シュワイデル人はコーヒー豆のことを何も知らない。そういえば私は、コーヒー豆が蔓《つる》に実るのか木に実るのかさえ知らないな」

「木ですね」

しまった。知ってることを全部しゃべりたい欲求に負けてしまった。

アルツァー大佐は獲物を仕留めた猟師みたいな顔をした。

「よく知っているな。貴官は実に博識だ。私の参謀にふさわしい」

まずい。まずいぞ。

アルツァー大佐はさっきまでの落ち込みが嘘《うそ》のように、微笑みながらじわりじわりと近づいてくる。

なんでそんなに楽しそうなんだよ。

「やはり貴官、前世の記憶を持つ転生者か何かだろう?」

「そんなもの存在しませんよ。あんなものはフィルニア教転生派の妄想です」

俺はその、あれだ。敬虔《けいけん》な安息派教徒ですので。

だがもちろん、大佐の猛攻は止まらない。

「私を甘く見るなよ、ユイナー・クロムベルツ。貴官が私の参謀になった瞬間から、私は貴官の正体を探っていた。その知的な言葉、優しい眼差《まなざ》し、どこか陰《かげ》りのある横顔。何一つ見逃さないようにしてな」

それじゃまるでストーカーだよ。やめてくれ。

「路上暮らしの平民出身なのに、まるで高等教育を受けた者のように知的な言葉。無数の悪意と侮蔑に曝《さら》されてきてなお、他者に向ける優しい眼差し。誰にでも向ける笑顔とは対照的に、孤独なときに見せる陰り。貴官は矛盾の塊だ」

おっと、意外とちゃんと見られていた。

「貴官は帝国領からほとんど出たことがないのに、まるで世界の全てを見てきたかのように多くを知っている。幼少期から路上生活をしていたはずだが、立ち振る舞いや考え方に品がある。平民なのに古式ゆかしい騎士たちの戦場剣術を使う。自分でもおかしいと思わないか？」

おかしいかおかしくないかで言えば、そりゃおかしいよな。

「思います」

「だろう？」

あっさり負けた。俺、もしかして参謀に向いてないんじゃないだろうか。

いやいや、これは本来なら異端審問直行だぞ。

しかしアルツァー大佐は腰に手を当てて満足げにうなずいただけだった。

「ようやく認めたな。だが積年の疑問が解決して満足だ。今後も頼りにさせてもらうぞ」

あれ？　今までの会話は何だったんだ？

「閣下」

「なんだ？」

「小官の素性を調べなくてもいいんですか？」

「ん、調べてほしいのか？」

意地悪な笑みを浮かべるアルツァー大佐。からかうような視線に絡みつかれ、俺はドキッとしてしまう。

彼女はソファにもたれかかり、長い黒髪を背もたれに流す。

「貴官の誠実さと能力は知っている。今後もそれは変わらないだろう。これ以上、何を詮索する必要がある？」

つまり彼女は、俺の正体が何であろうが俺を信じて今後も参謀を任せると言っているのだ。

そんなに信頼されているのか。

すると大佐は前髪を弄びながら、ちょっと照れたように笑った。

「ま、本当は貴官の正体を知るのが怖いのだがな。転生者ならまだいいが、噂《うわさ》通り本当に死神だったら怖いなと思ったものだ。だがそう信じたくなるほどに、貴官は生と死の岐路をよく知っている」

大佐にまで死神だと思われるのはちょっと嫌だな……。

どうしようか迷っていると、大佐は気弱に微笑んだ。

「貴官の正体は言わなくていい。だがもし死神だったら、私の最期は看取《みと》ってくれ。貴官が連れて行ってくれるのなら、地獄の道行きも楽しかろう」

「なんでそんなことを……」

するとし大佐は視線を落とす。

「私はリトレイユ公の……ミンシアナの最期を看取った。あの悪女め、私の手を握ったまま幸せそうに逝ったよ。私もいつか地獄に落ちる。そのときはせめて、あんな風に穏やかに看取ってもらいたい」

なんか胸が苦しくなってきた。

「閣下のように心美しい方は地獄になど行きません。もし地獄行きなら小官もお供します。閣下のいない世界に転生してても退屈でしょうから」

「転生？」

俺は転生以来、絶対に秘密にしようと誓ってきたことを口にする。

「俺は転生者、前世の記憶を持ったまま生まれ変わった者です。それもここととは全く異なる世界の住人で、文明としては三百年ほど進んでいました」

あーあ、言っちゃったよ。異端の告白だ。

アルツァー大佐は目をまんまるにして、俺の顔をまじまじと見上げていた。口が半開きなのが可愛《かわい》い。そんな表情は初めて見た。

この顔を見られただけでも、危険を冒す価値はあったな。

しかし大佐が驚いていたのは一瞬だった。やがて心の底から嬉《うれ》しそうな顔をすると、大佐はコホンと咳払《せきばら》いをする。

「なるほどな。それが事実なら全ての疑問が綺麗《きれい》に解決する。突拍子もない話だが論理的だ」

「そんなに簡単に信用しちゃっていいんですか？」

するとと大佐は顔を赤らめて、やや早口で返す。

「だってお前が言うことに嘘は一度もなかっただろう。こんな真面目な話をしているときに、お前が嘘をつくはずがない」

いつもの「貴官」ではなく「お前」と呼ばれているのが何だか面白い。相当慌てているな。

じゃあ俺も一人称変えちゃおうっと。

「俺だって閣下に嘘なんかつきませんよ。前世の俺がいた国は日本。剣術も学問もそこで学びました」

大佐は珍しく躊躇《ちゅうちょ》するような口調で、ぼそりと問う。

「名前は？」

「名前ですか？」

「お前の本当の名前だ。……知りたい」

可愛いこと言う人だな。

だが俺は頭を掻《か》く。

「記憶がだんだん薄れているせいで、自分の名前が思い出せません。サイトウとかマツイとか、それっぽいのがいくつか思い浮かぶんですが、どれが自分の名前だったのかわからないんです」

これは本当だ。俺自身の実体験と、本などで得た知識との区別が曖昧になっている。転生以降、両者の境界線がどんどんぼやけていた。

俺の本名も「名前だけ知ってる人」のリストの中に埋もれてしまったようで、もはや区別できない。

俺は苦笑してみせる。

「だから俺はユイナーです。日本には漢字という表意文字があって、漢字だとこんな風にも書けますね」

俺は手帳に「唯名」と書いてみせた。

大佐が呟《つぶや》く。

「ずいぶん四角い文字だな……。表意文字ならキオニス文字と同じか。確か文字そのものに意味があるのだろう？」

「はい、これは『ただひとつの名前』ぐらいの意味です。もうこれでいいでしょう」

「なるほど、それはちょうどいいな」

クスクス笑う大佐。

「では私の参謀はニホン生まれのユイナーだった訳だ。それを知ったところで何かが変わる訳ではない。これからも私のそばにいてくれ」

「はい、誠心誠意お仕えします」

俺は敬礼した。

なんだか変なタイミングで、しかも拍子抜けするほどあっさりとカミングアウトできちゃったな。肩の荷が下りた気分だ。

そう思っていると、アルツァー大佐がハッと思い出したように質問してきた。

「とっ、ところでユイナー！」

「なんでしょうか」

「お前、前世では恋人はいたのか？　いや、もしかして既婚者……？」

それ聞くの？

俺は跪《ひざまず》いて大佐の手をそっと取り、微笑んでみせる。

「あいにくとさっぱりモテませんでしたので、妻はおろか恋人すらいませんでした」

「そうか！　それは残念だったな！」

大佐の表情がパアアッと明るくなった。もう少し残念そうに言ってほしい。

アルツァー大佐はふんふんと鼻歌を歌いつつ、とてもいい笑顔になった。今にも小躍りしそうだ。

すっかり元気になったようだな。告白して良かった。

「お前が三百年も先の学問や技術を知っているのなら、これまでの活躍も納得できる。今後はますます頼りにさせてもらうぞ、ユイナー」

俺は膝をついたまま、苦笑して敬礼する。

「これからも変わらずお役に立ちますよ、閣下」

すると大佐も苦笑した。

「ありがとう。だが少しは変わってほしいのだがな」

「そうなんですか？」

何か不満があるなら言ってほしい。

しかし大佐は溜息《ためいき》をつき、俺の制帽を取って頭をくしゃくしゃ撫《な》でた。そして制帽を乱暴に被《かぶ》せてくる。

「そういうところをだ」

だから何を!?

こうして俺は初めて、深い秘密を共有する仲間を得たのだった。

政情はどんどん怪しくなってきたけど、この仲間を守るためにも頑張ろう。

第70話 去る心たち

【二指は北を指す】


『ミンシアナ、おお、愚かなミンシアナ！』

劇場に俳優の力強い声が響き渡る。

『私欲に溺れて村人たちを苦しめ、あまつさえ私の果樹園を無断で売り払うとは！』

貴賓席に座っている老紳士が苦笑する。

「これが『愚かなミンシアナ』ですか。酷《ひど》い田舎芝居だ」

隣の三十代ぐらいの紳士が渋い顔で応じる。

「全くです。伝統ある帝立劇場の演目とは思えません」

『愚かなミンシアナ』は、リトレイユ家お抱えの劇作家が制作した演劇だ。架空の農村を舞台にした悲劇で、村長の娘ミンシアナが金と権力に取り憑《つ》かれて破滅していくストーリーになっている。

『お許しを、お父様！　でも私、どうしても絹のドレスを着てみたかったのよ！』

『田舎娘の分際で何を申すか！　お前の踏み潰してきたものを見るがよい！』

舞台の上でミンシアナは醜態を晒《さら》し、それを村長が厳しく折檻《せっかん》する。

老紳士は劇に興味を抱けない様子で、天井のシャンデリアを眺めながら隣の紳士に問う。

「この芝居、最後はどのような結末ですか？」

「愚かなミンシアナは神罰によって発狂し、荒野で稲妻に打たれて死にます。その後は村長が村の秩序を回復するそうですよ」

「醜悪極まる脚本だ。こんなものの執筆を命じられた劇作家に同情しますよ」

芝居はまだ続いていたが、老紳士は席を立った。

「潮時ですな、ジヒトベルグ公」

「ええ、公弟殿下」

ミルドール公弟の問いかけに、ジヒトベルグ公は立ち上がりながらうなずく。

二人は帝立劇場の広い廊下を歩きながら、誰にも聞かれないように会話を続けた。

「例の件は順調ですか？」

「ええ。『愚かなミンシアナ』も片付きましたし、後顧の憂いはないでしょう。私の仕事もここらで終わりです。早く甥《おい》っ子たちに会いたいですな」

この半年ですっかり増えた白髪を撫《な》でつけながら、ミルドール公弟は苦笑した。

「ブルージュ公は隙あらば転生派勢力を拡大しようとしてきますので、兄も苦労しているでしょう。私のような者でもいないよりはマシなはずです」

ミルドール家は当主がブルージュ家に寝返り、弟が帝国に残留している。それぞれが門閥貴族を束ねており、公弟までも寝返った場合、ミルドール地方全域と第三師団全てがブルージュ公国のものになる。

ジヒトベルグ公は苦笑する。

「陛下はお怒りになるでしょうな」

「あの方はミルドール領が帝国に戻ってくると本気で信じておいでですからな。沈んだ夕陽《ゆうひ》が西から昇るはずがないのですが」

口調は穏やかだったが、ミルドール公弟の言葉には深い失望が刻まれていた。

「おまけにジヒトベルグ家からの派兵要請にも応じず、近衛《このえ》師団を直轄領の防衛に割いているようでは先はありません。『親指』が『人差し指』に協力せねば、領地どころか砂粒ひとつ拾えますまい」

ジヒトベルグ公はうなずいた。

「同感です。当家も陛下が命じたキオニス遠征で遊牧民たちの恨みを買ってしまい、辺境を騎兵に荒らされています。危なくて耕作させられません。それなのに陛下は知らん顔です」

自前の第二師団が壊滅状態なので、ジヒトベルグ家は自領の防衛すらままならない。

するとミルドール公弟はフッと微笑《ほほえ》んだ。

「では例の件、御了承頂けると思ってよろしいかな？」

ジヒトベルグ公は力強くうなずく。

「はい。先祖伝来の土地を守るには、もはやそれしかありますまい」

彼はミルドール公弟をまっすぐ見つめると、迷いのない口調で告げた。

「どうか口添えをお願いいたします」

「お任せください。山脈の南北を守る我らは一心同体」

二人はがっちりと握手し、晴れやかな表情で笑った。

ジヒトベルグ公はふと、気になっていたことを尋ねる。

「しかし公弟殿下は御家族をどうされるのです？　その、具体的に言うとシュタイアー家の方々を……」

ミルドール公弟の三女はロズ・シュタイアー砲兵中尉に嫁いでいる。そしてシュタイアー家は第六特務旅団の敷地内に住んでいた。

するとミルドール公弟は微笑む。

「アルツァー大佐とクロムベルツ大尉がおります。あの二人なら娘一家を守ってくれるでしょうし、メディレン家とのパイプにもなりましょう。貴公もそうお思いだからこそ、クロムベルツ大尉を『裏口の友人』にしたのでは？」

「ええ。彼には恩がありますが、それを置いても貴重な人材です。貴族社会のしがらみのない平民で、メディレン公の叔母の腹心。有能で清廉、おまけに穏健で義理堅い。家臣にしたいぐらいですが、敵側にいるときにも価値が高い男です」

ジヒトベルグ家とミルドール家が帝国を離脱した場合、残りの三家とは敵対することになってしまう。だが敵対するからこそ、敵の中には信頼できる交渉相手が必要になる。だからこそ厚遇したのだ。単なる恩返しではない。

ミルドール公弟はうなずく。

「謀反を鎮圧したアルツァー大佐の派閥なら、リトレイユ家に対しても強く出られます。『小指』も『薬指』も動かなければ、ミルドール家討伐は難しいでしょう。『親指』一本では何もつかみ取れませんから」

帝室単独ではブルージュやアガンといった隣国と戦う力は持っていない。他家の協力が必要だ。他家との連携を阻止することで帝室からの攻撃を封じる戦略だった。

ミルドール公弟はさらに続ける。

「リトレイユ家への牽制《けんせい》なら、アガン王国内の強硬派に南下政策を吹き込んでも良かったのですが、沿岸部で転生派が勢いづくとメディレン家に迷惑がかかります」

「得策ではありませんな。帝国を割るからこそ、メディレン家とは友好を保ちませんと」

二人はうなずき、ロビーへと出る。待機していた両家の護衛たちが影のように付き従う。

ジヒトベルグ公が笑いかける。

「外は冷えますな。どうです、ホットワインでも飲みながら五王棋を何局か御指南願えませんか？」

ミルドール公弟は少し驚いた表情をしたが、すぐに笑顔で返す。

「いいですな。私の趣味をよくご存じだ」

「当家醸造のヴァカンダスティンの特級をお持ちしました。授業料としてぜひ御賞味を」

「ははは、私のような末席者を接待しても仕方ないでしょうに」

二人は笑い合いながら馬車に乗ると、さらなる密談のために帝都の闇に消えていった。

俺は作戦計画書を書く手を止めると、ハンナの困り切った表情と対峙《たいじ》した。

「そんなに酷いのか？　アルツァー大佐が？」

ハンナは大柄な体を縮こまらせるようにして、こっくりうなずく。

「はい、もう夜毎《よごと》うなされてまして。昨夜は添い寝したんですけど、ずっと『私を連れていくな』とか『貴公の言葉など聞かぬ』とか、寝言が凄《すご》くて」

添い寝したんだ。お母さんみたいだな。

想像したらほっこりしてきた。

いや、今はそれどころじゃない。寝言の内容が不穏すぎる。

「リトレイユ公の死亡直後は悪夢にうなされたりはしてなかったはずだ。始まったのは最近か？」

「はい。半月ぐらい前からです。最初は大したことなかったみたいなんですけど」

ハンナは指を折って数えた後、おそるおそるといった様子で俺に問う。

「やっぱり、リトレイユ公の怨霊とかですか？」

「霊など存在しないぞ、ハンナ。存在してたら作戦計画に組み込んでる」

「た、例えば？」

「そうだな、怨霊を砲弾みたいに撃ち出して敵軍まるごと呪い殺せたら楽でいいなと思ったことはある。どうせ相手も真似《まね》して呪殺合戦になるだけだから無意味だが」

「参謀殿は怖いもの知らずですね！」

別にそんなことはない。霊より怖いものが多いだけだ。

俺は書きかけの作戦計画書にペンを走らせながらそう答えると、ハンナに説明した。

「アルツァー大佐の悪夢が酷くなった時期は、ちょうど『愚かなミンシアナ』の上演が始まった時期と一致している」

「あー……あのリトレイユ公と同じ名前の女性が破滅するお芝居ですか」

「そうだ。リトレイユ家はミンシアナに全ての罪を着せて、五王家としての体面を保つつもりだ。だが死者への侮辱はアルツァー大佐にとって辛《つら》いものだろう」

俺だって嫌だ。

俺はペン先をインク壺《つぼ》に浸しつつ、軽く溜息《ためいき》をつく。

「死んだ娘を実父が貶《おとし》めてるんだ。どっちが愚かだかわかりゃしない」

「そうですよね……」

ハンナはアルツァー大佐がリトレイユ公に自害を強要したことは知らない。知らない方がいいこともある。

「表向き、リトレイユ公は病死したんだ。そのまま葬っておけばいいのに、彼女の父はそれでは我慢ならないらしい。まあ、その件はまた別に考えるとして」

対リトレイユ工作は用意してある。自分で考えておいて嫌になるような、卑劣なものだが。

とにかく今は大佐のケアだ。

「その件は俺も力になろう。軍人の心の手当については士官学校で少し習った」

「ありがとうございます！」

バッと敬礼するハンナ。腕の風圧で俺の前髪が揺れる。

確かにリトレイユ公に自害を強要した後から、アルツァー大佐の様子がおかしい。検死のときも、いつもの豪胆さが感じられなかった。

大佐は豪胆に見えるが、彼女の言葉通り内心では震えている。貴族としての誇りが彼女を支えているに過ぎない。

だがもし、その誇りが揺らいでしまったら……。

そう考えると、リトレイユ公の死はアルツァー大佐に深刻な傷を残した可能性がある。俺は平民だから考えが及ばなかった。

ハンナには事後報告を約束し、俺は自分の執務室を出る。

大佐の居場所をあちこち捜し回った挙げ句、軍服姿のちっこい背中を城壁の尖塔《せんとう》で見つけた。旅団司令部がまだ貴族の別荘だった頃、展望台として使われていた塔だ。

「閣下」

「……ユイナーか」

冷たい風に黒髪を流しながら、アルツァー大佐がゆっくり振り返る。

俺は持ってきたコートを背中に掛けながら問うた。

「景色を御覧になっていたんですか？」

「いや……」

大佐は妙に寂しげな表情で、ぽつりと答える。
「死んだミンシアナが羨ましくてな」
ちょっと待て。これ絶対にヤバいだろ。
ありがとうハンナ、早めに教えてくれて。
大佐の心は俺が必ず取り戻すからな。
俺は大佐を刺激しないよう、静かに歩み寄った。

第71話　亡霊と死神

城壁の尖塔《せんとう》で風に吹かれながら微笑《ほほえ》む大佐は、今にも冷たい風にさらわれて消えてしまいそうに見える。

いや、本当に消えてしまう。確信がある。

なぜかわからないが、『死神の大鎌』の能力が発現している。辺りに満ちる死の気配。

だがそれは俺に向けられたものではない。

見えない死神は今、アルツァー大佐の喉笛に大鎌を当てているのだ。

俺が救わなければ。

戦場に立つときの何倍もの恐怖を感じながら、俺は大佐に声をかける。

「リトレイユ公が羨ましい、とは？」

「ああ。お前も見ただろう、検死のときの彼女を」

見た。丸裸にされ、髪を解かれた哀れな彼女の亡骸《なきがら》を。

「俺には無惨な姿に思えましたが」

「私もそう思ったが、同時にひどく羨ましく感じたのだ。命を含む全てのものを手放した彼女は、全ての苦悩からも解放された。どんな苦悩だったかは私にはわからないがな」

まあ確かにそう言えばそうだ。あのときの彼女は全ての因縁から解き放たれて、まっさらな状態だった。

自害した彼女をもう誰も傷つけない。激しく対立していた俺やアルツァー大佐でさえ、死んだ彼女には憐憫《れんびん》の情を覚えた。

アルツァー大佐は尖塔の窓枠にもたれかかりながら、どこか遠い目をする。

「私もいつかああなるのだと思うと、不思議と心躍るのだよ。待ち遠しい気分にさえなる。自分でもあまり健全ではないと思っているのだが、どうにも抑えきれなくてな」

俺は何か言おうと思ったが、うまく言葉が出なかった。

実は俺にも大佐の気持ちがわかってしまったからだ。

あのときのリトレイユ公は全てを失っていた。全てを剝《は》ぎ取られた彼女に、俺は奇妙な美しさを感じた。芸術的というか文学的というか、とにかく無視できない何かがあった。

どう返せばいいかわからなかったので、俺は率直に言う。

「俺もあのときのリトレイユ公は不思議な安らぎに満ちていると思いました」

「わかってくれるか？」

大佐がちょっと嬉《うれ》しそうに微笑むが、俺は参謀として上司に釘《くぎ》を刺す。

「ですが、それは見る者の主観です。死者は何も考えず、何も感じません。苦しむことはありませんが、安らぐこともないでしょう。生者が死者に意味を見いだすのです。リトレイユ公ではなく閣下自身の心の問題なんですよ」

俺の言葉に大佐は少し不思議そうだ。胸に手を当て、ややうつむき加減になる。

「私の心か」

「ええ。閣下は死に魅入られておいでです」

死神呼ばわりされてる男にそんなこと言われたら嫌だと思うが、大佐は微笑んでいる。

「それも悪くないな」

こりゃ重症だな。

俺は精神科医ではないし、宗教家でもない。ただの軍人だ。

それでもここには俺しかいない。俺が諦めたら死神に大佐を連れて行かれる。

絶対にさせるものか。

大佐がおかしくなったのは、リトレイユ公を自害させたときからだ。彼女の死が大佐の心に影響を及ぼしているのは大佐自身が認めている。

突破口があるとすれば、きっとそこだ。

でも攻略法がわからない。

こんなことなら前世で心理学を専攻しておくんだった。どっちにしようか迷ったんだよな。俺はいつも選択を間違えてばかりだ。

だがリトレイユ公の亡霊なんかに負けてたまるか。俺は死神と呼ばれた男だぞ。

俺は覚悟を決めて、大佐に思いっきり近づく。上司と部下の距離ではなく、家族や友人の距離だ。俺の鈍い嗅覚でも大佐のいい匂いがする。ちょっとドキドキしてきた。

いやいや、今は大佐の心のケアだ。

俺は物憂げな大佐に顔を近づけ、なるべく優しい声で心理的な揺さぶりをかける。

「閣下がお望みなら、今ここで御命《おいのち》を刈り取ってもいいんですよ」

「ふぁ……」

おっ、反応があったぞ！　ここが突破口か！

大佐が俺を見上げて硬直しているので、俺はすかさず二の矢を放つ。

「閣下の心をリトレイユ公に奪われるぐらいなら、いっそここで殺《あや》めて閣下を永遠に俺のものにしてしまった方がいいかもしれませんね」

死に魅入られているなどと言っても、人間の生存本能は強い。死を目の前に意識すれば、ほとんどの人は生存のための行動を取る。

尊敬する上司を脅かすのは俺としても不本意だが、荒療治で目を覚ましてもらおう。

……と思ってたんだけど、なんか大佐の反応がおかしいぞ。

冷たい風で白くなっていた大佐の頬が、みるみるうちに紅潮してくる。大佐の目にも力が感じられる。

もしかして怒らせちゃったか？　まずいぞ、上官への脅迫は重罪だ。

大佐はぷるぷる震えていたが、やがて震える唇からかすれた声が漏れ出す。

「ず……ずるいだろう……そ、そういうのは……」

この言葉、どう解釈したらいいんだろう。わからん。

もしかしたら、いろいろやっちまったかもしれない。

もう仕方ないので肚《はら》をくくって微笑んでいると、アルツァー大佐は「ぷはぁ」と大きな溜息《ためいき》をついた。

クソデカ溜息だ。怖い。

そして大佐は俺をキッと睨《にら》むと、凄《すご》みのある表情で迫ってくる。

「お前、そこまで言ったのなら責任は取れよ!?」

何の責任を？ たぶん二択なんだろうけど、正解がわからない。どっちだ、どっちの責任なんだ。

わからないけど、撤退可能なタイミングはもはや過ぎた。交戦中に敵に背を向ければ死ぬように、この状況で大佐に背を向けることはできない。

だから答えはひとつだ。

「もちろんです。俺は閣下の参謀ですから」

参謀たる者、自分の発言には最後まで責任を持たなくてはいけない。そうでなければ多くの将兵を無駄死にさせることになる。当然のことだ。

当然の発言をしただけなのだが、アルツァー大佐は急にそっぽを向いてしまった。

「そ、そうか……。ならばよし」

どうやら虎口を脱したようだ。虎の口よりヤバいものに頭から突っ込んだ気がしなくもないが、たぶん気のせいだろう。

その証拠に、アルツァー大佐からは『死神の大鎌』がもたらす死の気配が完全に消えている。俺はリトレイユ公の亡霊に打ち勝ったらしい。ひとまずのところは、だが。

少しホッとしつつも、用心深い俺は大佐に念を押しておくことにする。

「死んだ彼女より、生きている俺の方を見てくださいね」

「……ああ」

大佐は俺にそっぽを向いたまま、ぽつりと答えた。

心配だ。俺は大佐を救えるだろうか……。

【死神の掌《てのひら》で】

私は執務室に戻る途中、隣を歩く長身の参謀を見上げる。落ち着き払った彼の横顔を見るだけで頬が熱くなる。

あれは……あんなのは反則だろ!?

今でもミンシアナを自害させたことに負い目は感じている。この負い目はたぶん一生消えないだろう。彼女を自害させることは皇帝からの勅命だったが、誰の命令だろうが関係ない。これは私が墓場まで背負っていく罪だ。

こんな重荷、できればさっさと私ごと墓穴に投げ込んでしまいたい。そう思っていたのだが、我が参謀には全て見抜かれていた。さすがだ。

そしてあの口説き文句。あんな良い声と言葉でドキドキさせられたら、死ぬことなんかどうでも良くなってきた。

「どうされましたか?」

しらじらしく尋ねてくるユイナー。実に心地好《よ》い声だ。おまけに顔がいいんだよ、貴官は。どうせ自覚していないのだろう。この無自覚な大悪党め。

私は五王家のひとつ、メディレン家の先々代当主の実子だ。だが現当主の年下の叔母でもある。宗家嫡流にとってあまり好ましくない存在だ。お家騒動の火種だからな。

当然、私に言い寄る命知らずもいなかった。

だがユイナーは五王家の威光など全く恐れない。こいつは異世界からの転生者だからな。

あれから少し話を聞いたが、ユイナーの国には貴族はおらず、平民の代表が要職に就いているらしい。だから彼は他の者と違い、貴族への恐怖心が薄いのだ。

そんなユイナーだからこそ、私にも大胆に接してくる。

そして私は恋愛経験こそないが、書物や演劇で様々な恋物語を見てきた。ロマンスへの憧れも人並みにはある。

さっきのユイナーの態度は、まさに……まさにだ！　まさにそれだった。

恋物語の中にしかないと思っていた、殿方からの甘い誘惑。しかも「ちょっといいな」と思っていた、ユイナー・クロムベルツ参謀大尉からの誘惑だ。

あれはまさに、優しい死神。

中世シュワイデル文学の『ウルカの亡霊騎士』の主人公・復讐《ふくしゅう》の騎士ディベルハウトや、『魔弓の狩人《かりゅうど》』のライバル・黒弓卿《きょう》イースティンみたいだった。

さっきのやり取りを思い出すだけでクラクラしてくる。

「閣下、まだお加減が良くないようですが」

「いや、むしろ絶好調だ」

私は貴官を一生推挙するぞ。推せる。

だがユイナーは私を案ずるような表情で、妙に優しく言う。

「無理はなさらないでください。閣下は大切な御方《おかた》です」

「あ、ああ」

無自覚イケメンが殺人的な優しさを無償提供してくれる。ここが安息の園か。だったらわざわざ死ぬまでもないな。

私は大事な参謀を心配させないよう、少し無理をして笑ってみせた。

「私はリトレイユ公の死を抱えて生きていくが、その死に押し潰されたりはしない。心配するな」

「閣下……」

ユイナーが心打たれたような顔をしている。この男は本当に表情豊かだ。

地獄の業火に焦がれるミンシアナには悪いが、私はまだまだそこへは行かないつもりだ。

ここには私に優しくしてくれる、素敵な参謀がいる。

第72話 あなたの友として

　アルツァー大佐の落ち込みぶりと、その後の妙な機嫌の良さに不安を感じた俺だったが、その不安はどうやら的中したようだった。

「ユイナー。私を母と呼んでみないか？」

「……閣下？」

　執務室の机から穏やかに微笑《ほほえ》んでいるアルツァー大佐を見て、俺はハンナを呼ぼうか迷う。彼女なら大佐を穏便に拘束できるだろう。

　この世界にはまだ精神医学はないが、心のケアの専門家はいるはずだ。今から探した方がいいな。

「待てユイナー。私をそういう目で見るのはよせ。これは真面目な話で、少々込み入った事情がある」

「本当でしょうね？」

「直属上官をもう少し信用しろ。貴官の昇進の話だ。……ちょっと驚かせてみたかったのは謝る」

　大佐は頬を赤らめてからコホンと咳払《せきばら》いし、仕事の表情に戻った。

「リトレイユ公の謀反を防いだ功績から、帝室は貴官を少佐に昇進させたいと考えている。ジヒトベルグ家、ミルドール家からも推薦状が来ている。もちろんメディレン家からも送った」

「光栄です」

なんだかポンポン昇進させてくれるな。

だが平民出身の俺はそのままでは佐官にはなれない。明文化されてはいないが、そういう暗黙の内部規定がある。どういう形でもいいから貴族の仲間入りをしないとダメだ。

「しかし閣下、俺は平民ですよ」

「わかっている。そこで貴官に貴族の仲間入りをしてもらおうと思ってな」

「ああ、それで俺を閣下の養子に……」

全然込み入ってなかった。単純明快な話だ。

平民出身でも貴族と縁組すれば貴族待遇を受けられる。一番多いのは貴族との結婚だが、養子になるルートもある。

あるにはあるのだが。

「閣下は独身でしたよね？」

「そうだ。お家騒動の火種を作らぬよう、これからも独身を貫くつもりでいる。だが養子ぐらいは別に構わないだろう。養子になったところで家督の継承権は得られないからな。我が国では信頼できる家臣を養子にすることもある。遺産の管理人としてな」

そういうものか。貴族社会はよくわからんな。

アルツァー大佐はクスクス笑いながら、悪戯《いたずら》っ子のような目で俺を見る。

「どうだ？　私に甘えてもいいんだぞ？　母上と呼んでみろ」

「閣下。俺は転生者ですから、前世分も含めると閣下よりだいぶ年上ですよ」

前世のプライベートな記憶がだいぶ曖昧になっているが、通勤電車に乗っていたことは覚えている。

あれは何色だったかな……確か第六特務旅団の制服と同じ色だから、マルーンの通勤電車だったはずだ。もう覚えていないが。

「閣下は母というよりは娘ですね」

「私の見た目で言ってるだろう、それは」

「いえ決してそんなことは」

大佐の見た目は確かに中学生ぐらいだもんな。初対面の人はみんな不安そうな顔をする。

大佐はふくれっ面をしながら、自分の胸や腰をぺたぺた触っている。

「ミドナもローゼルも『お年頃になれば大丈夫ですよ』と言っていたのに騙《だま》された。考えてみれば母上だって、未《いま》だに子供と間違われ……」

「その話長くなりますか？」

遮って悪いけど、今は仕事の話を優先してほしい。

大佐もそれに気づいたのか、渋い顔をしながら腕組みする。

「で、どうなんだ？　私の養子になって少佐に昇進するか？」

「やめておきましょう。別に階級は欲しくありませんし」

大佐は珍獣を見るような目をした。

「本気で佐官を蹴るつもりか？」

「大佐の参謀でいられるのなら、階級章の柄なんか何でも構いませんよ」

「無欲にも程がある」

深々と溜息《ためいき》をついた後、アルツァー大佐は俺を真面目な顔で見つめた。

「悪いがそうもいかんのだ。さっきも言ったように、五王家の各家から推薦状が出ている。れっきとした公文書だ。これを蹴られると各家の立場がない」

「俺の昇進なのに俺の自由にならないんですか」

苦笑してみせたが、帝国軍がそういう組織なのはわかっている。昇進すればするほど政治的な意味合いを帯びてくることも承知だ。

「仕方ありません。昇進は呑《の》みましょう」

「相変わらず話が早くて助かるな」

「ですが気になる点がひとつあります」

「なんだ？」

身を乗り出した大佐に、俺は顔を近づける。

「閣下の養子になった後、閣下と結婚できますかね？」

「んなっ!?」

ぴゃっと小さく飛び上がった大佐が、みるみるうちに真っ赤になった。

少々卑怯《ひきょう》だが、養子になるのは遠慮させてもらうぞ。こんなちっちゃいママなんて……ちょっと面白いけど、俺と大佐の関係性を誰かに変えられるのはお断りだ。俺たちの関係性は俺たちが決めればいい。

大佐はというと、難しい顔をして小声でつぶやいている。

「さすがに無理だろうな、養子を夫に迎えるのは……。しかし養子になってしまえば一緒に暮らせて同じ墓に入れる訳で、これはもう事実上の婚姻状態なのでは……いや待て倫理的にダメだろう、それは……」

しばらく放っておいても面白そうだったが、大佐をからかうのは本意ではない。代案があるのだ。

「なんだ、メディレン家の法務官たちに問い合わせるからちょっと待て」

「閣下、あの……閣下？」

「そうではなくてですね」

俺は深呼吸をして、あの恥ずかしい単語を口にする。

「俺を閣下のシルダンユーにして頂ければ、問題は解決しませんか？」

きょとんとした後、大佐の顔がみるみるうちに明るくなる。

「ああ、シルダンユーか！　すっかり忘れていた！　いいな、シルダンユーは！」

会心の笑みで何度もうなずく大佐。やめて、そんな言葉を口にしないで。

「お前はジヒトベルグ公のシルダンユーだし、私のシルダンユーにもすれば格として十分に足りる。ひとつなら大した価値はないが、『五指』の複数からシルダンユーを許された者といえば、当代一流の才人ばかりだからな。よし、お前は今日から私のシルダンユーだ」

だからやめて。

俺の表情を敏感に察したのか、大佐が首を傾《かし》げる。

「どうした、名参謀？」

「ええと……」

「もしかして、何かまだ問題があるのか？」

大佐が心配そうな顔をし始めたので、誤解を招かないよう正直に打ち明けておくことにする。

「実はですね、『シルダンユー』というのが、前世の言葉では別の意味を持っていまして……」

「どんな意味だ？」

「知りたいですか？」

「とてもな」

もう仕方ないので、なるべく婉曲的《えんきょくてき》な表現で手短に説明をした。

「説明は以上です」

「そ……そのような職分が存在するのか……異世界は凄《すご》いな……」

顔を真っ赤にした大佐がうつむいてしまったので、俺は犯罪者になった気分で視線をそらす。どうすりゃいいんだよ、こんなの。

「ええと、あれだ。お前、そういうシルダンユーにも興味があるのか？」

「それを聞いてどうしようというんですか」

もうやだ。せめて発音が「シュルダンユエ」とか「シルドゥンユフ」とかだったら良かったのに。

ともあれ、俺はこうしてアルツァー大佐の「裏口の友人」となり、ジヒトベルグ家とメディレン家から客分としての地位を得た。

これは両家の外交的なパイプになったことを意味する。もはや「ただの平民」ではない。

愛人にも認められるなど乱発気味の客分待遇だが、五王家の複数の宗家筋から認められたとなれば単なる偶然ではない。

これならさすがに陸軍上層部も昇進を認めるだろう。認めなければ第二師団や第四師団から「うちのボスが認めた人材を認めないつもりか？」と苦情が来る。

どうにも生臭い話だが、栄光あるシュワイデル帝国軍は生臭い組織だから仕方がない。帝国軍に限らず、大きな組織というのはだいたいそうだ。

数日後、帝都から少佐の階級章が送られてきた。これで俺も少佐だ。

同時にアルツァー大佐も昇進した。見慣れない階級章をつけた大佐が苦笑している。

「新しく創設された『准将』という階級だそうだ」

「将官と佐官の間の階級ですか」

「各師団の将軍連中が『孫や娘ぐらいの小娘が将軍になるのは我慢ならん』とゴネたそうでな。将軍に準ずる階級として准将が作られた。私が第一号だ」

帝国軍には大将や中将といった階級がなく、将官は全員「将軍」だ。

この階級は貴族にとっても容易なものではなく、たゆまぬ努力と長年の精勤、そして派閥闘争の末に勝ち取ることができる。

出世欲と権力欲が強いタイプにとって将軍の地位は聖域も同然だから、下手にいじると冗談抜きで反乱を起こしかねない。

俺は溜息混じりに苦笑してみせる。

「呆《あき》れた話です。他人の階級などどうでも良いでしょうに」

「そんなことを言うのはお前だけだ、我が転生者よ」

所有格ついてるのが気になるけどまあいいや。

「ともあれ閣下、これでようやく准将閣下とお呼びできますね」

前世の日本でもそうだったが、帝国でも「大佐閣下」とは呼ばない。大佐は旅団長でもあるので「旅団長閣下」とは呼べる。

だが准将になったことで、今後は役職を離れても閣下と呼べる訳だ。尊敬する上司の出世は純粋に嬉《うれ》しい。

アルツァー大佐……いや准将は呆れた顔をしている。

「お前、自分の昇進には無頓着なくせに、私の昇進は嬉しいのか？」

「当然です」

「今さっき、他人の階級などどうでも良いと言ったのは誰だ？」

「誰ですかそれは」

いいから早く准将の階級章を見せてくれよ。

大佐じゃなくて准将は深々と溜息をつき、それから立ち上がった。

「リトレイユ公ミンシアナの乱は鎮圧したが、国内外の政情はますます不安定になっている。私は准将として難しい判断を迫られることが多くなるだろう。そのとき、お前が私の傍らにいてくれれば心強い。

「これからも頼むぞ、ユイナー・クロムベルツ参謀少佐」

このまっすぐな信頼が心地よい。異性としても魅力的なアルツァー准将だが、上司としても人間としても魅力がある。

俺は直立不動の姿勢でビシッと敬礼した。

「お任せください、准将閣下。全身全霊をもってお仕えいたします」

「ありがとう」

ちっこい准将閣下はニコッと笑い、俺もつられて笑い返した。

これから帝国はどんどん落ちぶれていくだろうが、俺と准将がいれば第六特務旅団ぐらいは何とか守り抜けるだろう。

だが事態は俺の想像を超えて、急速に悪化していた。

数日後、「ミルドール家残留派とジヒトベルグ家がブルージュ公国に寝返り、新たな国境地帯に所属不明の軍勢が集結しつつある」という通達が帝都から届く。

帝国の崩壊が決定的になった瞬間だった。

第73話 未来への脱出

シュワイデル帝国を支える五王家のうち、序列第二位のジヒトベルグ家と第三位のミルドール家が隣国ブルージュ公国に寝返った。

もちろん領地ごと。

そして両家の境界線上に間借りするような形で駐屯していた第六特務旅団は、敵中に孤立した形になってしまった。

この旅団はメディレン家ゆかりの部隊なので、第二師団や第三師団と一緒に投降してしまう訳にはいかない。そんなことをすればアルツァー准将の実家に迷惑がかかる。

「閣下、まずいことになりましたね」

全員に撤収命令を出しつつ、俺とアルツァー准将は執務室で会話を交わす。暖炉で機密文書を燃やしながらだ。

准将は険しい表情だ。

「ミルドール家が丸ごと寝返る可能性は想定していたが、そのときは貴官の提案通りにジヒトベルグ領を経由して脱出するつもりだった。まさかジヒトベルグ家まで寝返るとはな」

面目ない。さすがにこれは読みきれなかった。

「今思い返せば兆候はありました。ジヒトベルグ家は勅命でキオニス遠征を行い、先代当主が戦死しています。麾下《きか》の第二師団も壊滅し、おまけにリトレイユ公の讒言《ざんげん》で皇帝からは悪者扱いです。帝室に忠

World Map

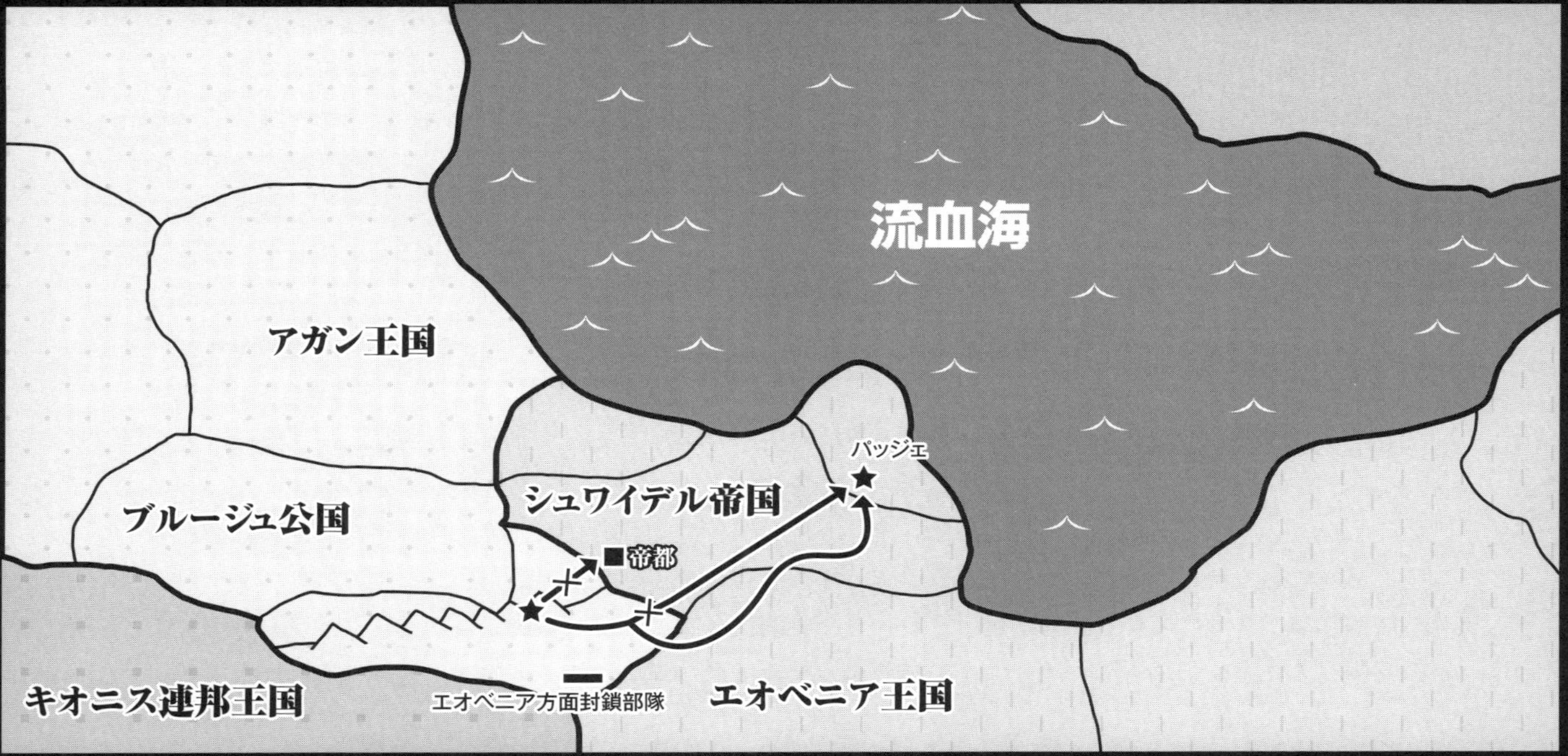
流血海
アガン王国
シュワイデル帝国
パッジェ
ブルージュ公国
帝都
キオニス連邦王国
エオベニア方面封鎖部隊
エオベニア王国

誠を誓う理由なんかないでしょう」

あのときもジヒトベルグ公は冷静に対処していたが、腸《はらわた》が煮えくりかえるような思いだったに違いない。そうでなければ、ちょっと口を挟んだ程度の俺をシル……いや客分待遇になどしなかったはずだ。

リトレイユ公は死んだが、彼女の負の功績は燦然《さんぜん》と光り輝いていた。俺たちが知っているシュワイデル帝国は分断され、既に崩壊している。

こういうときに未練や楽観は命取りだ。損切りは素早く。逃げ足は速く。

そうしないと、前世の俺みたいにクソ案件の始末をさせられた上に社内外で孤立する。俺以外のヤツが逃げるからだ。

だから俺は一瞬の躊躇《ちゅうちょ》もなく撤収を進言したし、その場で准将に承認された。そして今こうしているという訳だ。

「幸い、ブルージュ公国側からは宣戦布告などの敵対的な反応はありません。もちろんこのまま居座れば退去を命じられるでしょうし、場合によっては攻撃を受けるでしょうが」

「情勢が一気に悪くなると彼らも困るから、態度を曖昧にしているのだろう」

アルツァー准将はうなずき、ふと苦笑してみせる。

「ここは私や貴官にとって重要な場所ではない。兵たちもほとんどがメディレン領出身だ。貴官の言う通り、さっさと逃げるのが正解だな」

「撤収命令が出ていませんので、厳密には持ち場を放棄したことになりますが……」

よくこんな提案をしたなと自分でも思う。軍法会議ものだ。

だが准将は気楽な表情をしている。

「なに、気にする必要はない。我が帝国の五指は『人差し指』と『中指』が離反し、『小指』もガタガタだ。この状態で『薬指』をへし折るような真似《まね》はできまい」

「閣下も悪党ですな」

「貴官から言われるのは褒め言葉だな」

そんな会話をしているうちに、どうにかこうにか機密文書を全部焼却できた。灰の塊を火かき棒で潰し、解読できないように完全に破砕する。

そこにロズ中尉がやってくる。

「閣下、物資の梱包《こんぽう》が完了しました。兵たちは下士官たちが各小隊を統率しています」

「よろしい。大砲はどうする？」

准将の問いにロズは軽く答える。

「軽便なので運べるところまでは運びましょう。撤退戦で使うかもしれませんし、邪魔になれば置いていけばいいだけの話ですから」

「確かにな。ところで貴官の妻子はどうした？」

するとロズは頭を掻《か》く。

「それなんですが、馬車に便乗させてもらえませんかね。妻はともかく、娘はまだ三才なので危なっかしくて」

「もちろんだ。貴官の分も座席を手配しているぞ」

「いやあ、小官は歩きますよ」

「無理をするな、貴官は脚に後遺症を抱えている。家族の側《そば》にいてやれ」

アルツァー准将はそう言って明るく笑う。俺の上司は相変わらずの男前だな。惚《ほ》れる。

准将は俺に向き直ると、机上の地図を示した。

「最後の確認だ。撤退の目的地はメディレン領西端の城塞都市、パッジェ。想定ルートは全部で三つ。そうだな？」

「はい、閣下。北の街道沿いにミルドール領を通って帝都に至る帝都ルート、南の街道沿いにジヒトベルグ領を通る迂回《うかい》ルート、そして」

俺は何もない場所をトントンと叩《たた》く。

「迂回ルートからさらに分岐し、エオベニアとの国境近くを踏破する山岳ルートです」

「できれば山岳ルートは避けたいな。大砲や馬車が通れないし、帝国南部とはいえ山岳部には積雪があるはずだ。それに同行する軍属たちは山岳訓練をしていない」

「とはいえ、街道を通行できるかどうか甚だ怪しい情勢です。街道が通っている土地はもう、ブルージュ公国の領土になっていますから」

俺は渋い顔の准将に告げる。

「今は騎兵斥候《せっこう》を出して偵察に行かせているところですが、おそらく良くない報告を持って帰ってくるでしょう」

やがて騎兵隊の斥候から、南北の街道沿いの砦《とりで》にブルージュの軍旗が確認されたという報告が入る。

それほど大規模な軍勢ではなかったようだが、攻撃を受ける可能性があるため近づけなかったという。

予想通りだ。俺が敵の司令官なら帝国の准将、しかもメディレン公の叔母を逃がすつもりはない。身柄を確保できれば交渉材料にできる。

准将が渋い顔をしている。

「彼らも狡猾《こうかつ》だな。旅団司令部を包囲すれば敵対的な軍事行動になってしまうが、街道に兵を配備するのは通常の対応だ。そして我々は敵地に閉じ込められた」

「まあそうですね」

「この城は砲撃に脆《もろ》い上、籠城したところで援軍は来ない。いっそ投降するか？」

俺は首を横に振る。

「いえ、ジヒトベルグ公やミルドール公がまともな人物で助かりました。穏当な方法で退路を断ってくれたおかげで、こちらも穏当に退却できます」

「できるか？」

どうかな……。あんまり自信はないので正直に言う。

「率直に言ってかなり厳しいですが、まだ山岳ルートがあります。これで無理ならそのときに投降しましょう」

「それもそうだな。となると大砲と馬車はここに置いていくしかないか……」

「いえ、それはそれで使い道がありますので」

俺は頭の中で素早くプランを更新する。

計画がうまくいかないときにどうするべきかは、士官学校の演習でさんざんやった。あと前世でもさんざん経験した。

俺には二回分の人生経験がある。

「ところで俺、この世界ではまだ海を見たことがないんですよね。新鮮な海の幸が楽しみです」

「この状況でも逃げ切る気まんまんだな……いいぞ、好きなだけ食わせてやる。貝のオイル煮でも焼き海老《えび》でも馳走《ちそう》してやろう」

「勤労意欲が湧いてきました」

よーし、海でも見に行くか。

俺たちが司令部前の演習場に出ると、大荷物を担いだ兵士たちが緊張した面持ちで整列していた。

後方には食堂や工房のおばちゃんたちもちらほらいる。近隣の村落に避難するか我々に同行するかの二択で、後者を選択した人々だ。

アルツァー准将が号令を下す。

「これより第六特務旅団は旅団司令部を放棄し、敵勢力を迂回しつつメディレン領パッジェへと向かう！」

言うほど簡単ではないことは全員がわかっている。

だからこそ、司令官である准将は明るく言い放つ。

「諸君たちの多くにとってメディレン領に良い思い出はないだろうが、諸君はリトレイユ公の反乱を阻止した救国の英雄だ！　胸を張って堂々と凱旋《がいせん》するぞ！」

准将の人心掌握術は頼りになる。苦難のときに心を支えるのはプライドだ。

そして准将はニコッと笑った。

「まあ心配するな。うちの参謀がいろいろ考えてくれている」

俺は提案するだけだよ？

何か言い返したかったが、みんなの目に力が戻ってきているのを見ると黙るしかなかった。兵を統率するのは俺の職務ではない。

准将は慣れた動作で軍馬に乗ると、高らかに叫ぶ。

「帰郷したら諸君に新鮮な海の幸をたらふく食わせてやろう！　出発だ！」

【過去から来た男】

「連中は本当にこちら側に来るのか？」

ブルージュ軍大尉の階級章を付けた男は、やや不安そうに背後を振り返る。

「師団長命令だから私の部隊は貸してやるが、シュワイデル人どもが逃げるなら国境方面だろう。方向が真逆だぞ？」

すると軍服姿の老人が薄く笑う。ブルージュ軍の青い軍服と異なり、彼の軍服は灰色だ。近隣で灰色の軍服を採用している国はない。

「心配性だな。あんたは兵を貸してくれればいい。そこから先は俺の職分だ。それよりも」

老人は真顔で質問を投げかける。

「第六特務旅団の参謀の名前はユイナー・クロムベルツで間違いないな？」

「ああ、そうだ。『死神クロムベルツ』だよ。リトレイユ家の反乱を阻止した本物の死神さ。ゼッフェル砦の防衛もヤツの仕業だと聞いている」

ブルージュ軍の大尉はそう答え、だいぶ薄くなっている頭を掻く。

「その死神参謀とメディレン家の女将軍が帝国領に脱出するのを阻止しろと、ブルージュ公が仰せだ。だがジヒトベルグ公もミルドール公も知らん顔をしている。やりづらいったらありゃせんよ」

灰色の軍服の老人は答える。

「同情するよ。誰しも立場と事情があるからな」

「貴様に同情されてもな……。くどいようだが、本当にこちら側に展開させていいんだな？」

「無論だ。この状況で国境にノコノコ向かうようなバカどもなら、とっくにキオニス戦役でくたばっているさ」

「ふむ。確かに帝国との国境地帯はブルージュ軍が埋め尽くしているからな。しっかり偵察しているのなら選択肢から外すだろう。だが、こちら側に来るとも限るまい？　普通なら籠城するのでは？」

しかし灰色の軍服を着た男は静かに笑う。

「いいや。ヤツは必ず来る。あの坊やは生きるか死ぬかの分かれ道をよく心得ているのさ」

そのとき、野戦司令部のテントに伝令が駆け込んでくる。

「街道の北側からシュワイデル軍の軍旗を掲げた部隊が接近中です！　軍旗は第六特務旅団！」

「まさか!?」

大尉が腰を浮かせて驚くが、灰色の軍服を着た男は薄く笑う。

「な、言っただろ？」

「貴様……いったい何者なんだ？　ただの傭兵《ようへい》ではあるまい」

大尉の問いには答えず、灰色の老傭兵はゆっくり立ち上がる。

「さて、契約履行の時間だ。あんたらはここを封鎖しててくれ。エオベニア方面に抜けられると厄介だ」

第74話 消えた旅団

俺は山間部の集落で旅団のみんなを休憩させつつ、折りたたんだ地図を広げていた。

「エオベニアとの国境地帯にもブルージュ軍が展開していたのは、少々予想外だったな」

「お前にも予想外ということがあるのだな」

白い息を吐きながらアルツァー准将が微笑《ほほえ》んでいるので、俺は黒パンを頰張りながらうなずいておく。

「当然です。予想が当たったことの方が少ないぐらいですよ。ただし」

「ただし？」

俺は黒パンを水で流し込むとニヤリと笑ってみせた。

「予想が外れても問題ないようにしておくのが参謀ですので」

「頼もしいな。では今回も安泰か」

「安泰からは程遠い状況ですが、まあ何とかしましょう」

俺は地図を指でなぞる。

「どのみち街道を南下し続ける予定はありませんでした。街道を通ってエオベニア側に出てしまうと、一瞬でエオベニア軍に捕捉されます」

「エオベニアは帝国と同じフィルニア教安息派の国だが、逆に言えばそれだけの関係でしかないからな。同盟国ではない」

「ええ。事前に話を通す余裕がありませんでしたから、エオベニア軍に見つかると少々面倒です。そこで山岳地帯を踏破する訳ですが……まあ見つかると面倒なのはこれも同じですね」

この時代の領土は、都市という「点」と、それを結ぶ航路や街道といった「線」で構成されている。

城壁に囲まれた都市の周辺には農村が散在しており、農村から先には君主や軍の力は及ばない。人が住んでいないからだ。

もちろん山岳地帯にも炭焼き職人や木こり、猟師などがいる。あと修行者や山賊もいる。ただいずれも世間から距離を置いて暮らしているので、領主に通報したりはしないだろう。たぶん。

打ち合わせ中の俺たちの周囲では、第六特務旅団の子たちが同じように黒パンを食べていた。出発前にありったけ焼いておいた貴重な黒パンだ。

酸っぱくてボソボソしてて未《いま》だに食べづらい主食だが、雑穀入りで栄養だけはある。しばらくこれで食いつなぐことになるだろう。

俺は昼飯を済ませると、軍服についた雪を払って立ち上がる。幸い、積雪は大したことない。

「さて、敵もこちらの動きを捕捉した頃合いでしょう。中隊規模の歩兵と砲兵では包囲されたら終わりですので、そろそろ雲隠れといきましょうか」

タイミング悪く、うちの上官は黒パンを口に放り込んだ瞬間だった。目を白黒させて咀嚼《そしゃく》し、苦労して飲み込む。

「あ、すみません閣下」

「いや大丈夫だ。水をくれ」

素朴な木のマグカップで冷たい水を飲み干した准将は、口元を拭いながら俺に問う。

「雲隠れはいいが、この山を登るのか?」

「軍人や農民にはわかりませんが、ここはエオベニア方面に抜ける登山ルートの入り口だそうです。ラーニャ下士補が言っていました。あまり雪が積もらないので冬でも歩きやすく、山賊や獣の危険も少ないそうです」

准将は納得したようにうなずく。

「旅楽士だった彼女は、関所を迂回《うかい》する秘密の抜け道にも詳しいだろう。メディレン領でも通行税を払わない連中が多くてな」

「ははは」

帝国貴族の力は強大で、あらゆるインフラを掌握している。そして通行税を課し、さらに力を蓄える。

だが平民は平民で逞《たくま》しい。あらゆる方法で税を回避し、わずかな力を温存する。

この国は……いや、支配者と民衆はどこでもそういうものだ。

「ジヒトベルグ公はこの抜け道を知っているのか?」

「知らないか、知っていて黙認しているかのどちらかでしょうね。ちなみにここの領主は知った上で黙認しています」

これは説明するまでもないだろう。准将はすぐに言葉の意味を理解した。

「エオベニアからの旅人がここを通れば、街道から外れた何もない村に金が落ちる。人員を割いて取り締まるぐらいなら、黙認する代わりに村の顔役連中から上納金でもせしめた方が得だ」

「御慧眼《ごけいがん》です」

うちの上司は話が早くて助かる。

「そのせいか、この村にはなぜか立派な雑貨屋と酒場があります。いずれも経営者は領主の元使用人です」

「ははは、それなら安心だな。領主も荒事は望むまい」

准将はそう笑った後、不意に表情を引き締めた。

「だがそうなると、このルートの存在は『公然の秘密』ということになる。長居は無用だ」

「同感です」

俺はうなずき、准将に報告する。

「この登山道は馬は通れますが馬車はさすがに無理です。雑貨屋で事情を話して格安で売り払いました。馬車馬の一部は売らずに残しています」

「馬は必要だからな。ところで野戦砲はどうするつもりだ？」

「あれは軽いので馬車馬に直接牽引《けんいん》させてはどうでしょうか。敵に渡す訳にはいきませんので、運べなくなったら破壊して雪か藪《やぶ》に隠しましょう。あくまでも人員の生存が第一です」

「わかった、それでいいだろう」

兵士は戦闘に必要な装備を持ち歩くため、そこらの登山者よりも生存力が低い。重い銃は杖《つえ》としては使いづらいし、ポーチに詰めた弾薬は食べられない。

だから無理はさせられない。

「地元民の話では、当面の天候は穏やかで遭難の危険はないそうです。とはいえ山の天候は急変しますので、備えは十分にしておきました」

前世はインドア派だったんだけど、今世はインドアどころか住む家にすら困っていたので、アウトドア経験は豊富に積んでいる。貴族の山林に不法侵入して密猟もしていたので、軍隊に入る前から野営にも慣れていた。

本当は前世の知識で楽をしたかったんだけど、人生ってなかなかうまくいかない。

俺は周囲をざっと見回し、みんなの食事があらかた済んでいるのを確認する。

「さて、行きますか」

「そうだな。早く野営地に着いて寝よう」

アルツァー准将は立ち上がると、皆に命令した。

「さあ出発だ！　諸君の演習の成果を見せてくれ！」


【ジヒトベルグ公の苦笑】


「アルツァー准将がいない？　しかも第六特務旅団ごと行方不明なのか？」

ジヒトベルグ公は居城の一室で報告を受け、振り返って苦笑いを浮かべる。

「やられました。まさか降伏勧告の使者が着くよりも早く撤収していたとは」

「さすがと言うべきですな」

視線の先では、ミルドール公弟が柔和な笑みを浮かべていた。

彼は兄の下《もと》に帰参した後、与力としてジヒトベルグ公と行動を共にしている。ジヒトベルグ公は先代当主の父を喪《うしな》っており、経験豊富なアドバイザーがいないからだ。

ジヒトベルグ公は軽く溜息《ためいき》をついて前髪を掻《か》き上げる。

「退去の安全と引き換えに少しばかり恩を売るつもりでしたが、こうも鮮やかに撤退されるとは思いませんでした。やはり本職の軍人は動きが違います」

「おおかた例の参謀でしょう。ユイナー・クロムベルツ少佐」

「まず間違いありません。配下の者たちに捜索させているのですが、行方がつかめないのです。エオベニア方面に向かったことはほぼ間違いないのですが……」

ジヒトベルグ公はそう言い、執務用のイスに腰掛ける。

「ブルージュ公の配下が一個大隊ほどエオベニア方面に展開しているらしいので、いずれブルージュ軍が捕捉するでしょう。少数ですが手練《てだ》れの傭兵《ようへい》団も雇っているようです」

ブルージュ公はフィルニア教安息派のミルドール公やジヒトベルグ公を信用しておらず、連合国家となった今でも情報の共有は不完全だ。

もちろんジヒトベルグ公もブルージュ公には余計なことは教えていない。お互い様だった。

ミルドール公弟は思案の表情を見せた。

「ここでアルツァー准将やクロムベルツ少佐がブルージュ軍の捕虜になっては、我々の描く外交戦略が頓挫しかねませんな。ミルドール家の力で少しばかり攪乱《かくらん》しましょうか？」

「いえ、ブルージュ公は我々を信用していません。何かあれば我々の策謀だとすぐに気づくでしょう。公国の主導権を握るまでは雌伏《しふく》せねばなりますまい」

「それがよろしいでしょうな。危険を冒すのはもう少し先です」

権謀術数を指南するようにミルドール公弟はうなずく。事実上、彼はジヒトベルグ公の顧問だった。

「ではどうなさいますかな？　このままでは中隊規模の戦力しかないアルツァー准将たちが、ブルージュ軍の一個大隊と遭遇してしまいますが」

するとジヒトベルグ公はフッと笑った。

「キオニス騎兵の大軍と渡り合ってほぼ無傷で生還した男が、ブルージュ軍の一個大隊ごときに捕まるはずがありません。けろりとした顔で帝国領に帰るでしょう」

「はっはっは。男の中の男のような貴公が、クロムベルツ少佐の話になるとまるで騎士に恋い焦がれる姫君のようですな」

ミルドール公弟の微笑みにジヒトベルグ公は苦笑する。

「あの男は紛れもなく英雄ですよ。智仁勇《ちじんゆう》全てを備えています。私の将軍にしたかった」

「それは私も同感です。彼が第三師団の参謀本部にいれば、ブルージュの侵攻をはねのけていたかもしれません。もしそうなら帝国の分断も起きなかったでしょう」

ミルドール公弟は溜息をつき、白髪を撫《な》でつけた。

「思えばシュワイデル帝国は、有能な人材を適所に就けられなくなっていたのですな。そのような国が滅ぶのは神の御意志でしょう」

「神の意志、ですか。便利な言葉だ」

ジヒトベルグ公は考え込みつつ、その眼差《まなざ》しを帝国の地図に向ける。

「では神の御意志に従い、敬愛する帝室を滅ぼすしかありますまい。帝室直轄領をブルージュ公にくれてやる訳にも参りません。流血海に通じる道を遮断されれば、我らに未来はありません」

「となりますと、やはり近衛《このえ》師団は無傷で手に入れたいですな。ブルージュ公とはいずれ一戦交えることになりましょうから」

「はは、恐ろしい御方《おかた》だ。仇敵《きゅうてき》と手を組んだかと思えば、その手を切り落とすことを考えておられる」

ジヒトベルグ公は笑うと、不意に真面目な表情をした。

「帝室直轄領を手中に収めたところで、我ら両家だけでは周辺勢力と対抗できません。やはりメディレン家とリトレイユ家を味方につける策謀が必要ですな」

「ええ、そうなります。リトレイユ家はアガン王国の南下に怯《おび》えているでしょうから、懐柔は可能でしょう。後はメディレン家ですが、あそこは遣《や》り手揃《てぞろ》いで交渉材料に乏しい。『五指』がこれだけ傷ついても『薬指』だけは無傷です」

ミルドール公弟がそう言い、ジヒトベルグ公が後を継ぐ。

「円滑な交渉のためにも、アルツァー准将とクロムベルツ少佐には無事にメディレン領に帰還してもらわねば困る。そうですね？」

「そういうことです。とはいえ今は表立って動けません。彼らの力を信じましょう」

ミルドール公弟は微笑みつつ、イスからゆっくり立ち上がる。

「彼らが動きやすくなるように、私が少しばかりブルージュ公の御機嫌を伺ってきます。何か良い手土産はありませんか？」

「でしたらブルージュ公への親愛の証《あかし》として、我が領地の適当な鉱山をひとつ差し上げましょう。採掘技師団ごとどうぞ」

「おや、これはまた随分と奮発されますな。よろしいので？」

するとジヒトベルグ公はニヤリと笑う。

「いずれ一戦交えるのでしょう？　そのときに取り返せば済む話です。宝石や美術品を贈っても取り返せませんが、手の者を潜ませた自領の鉱山なら造作もありません」

「良いお考えです。頼もしくなられましたな」

ミルドール公弟はにっこり微笑んだ。

第75話 追いついた過去

安全圏への脱出を目指す俺たちは馬車を捨て、エオベニア王国へと通じる登山ルートを移動していた。

登山道は歩兵二人が並んで歩ける程度の幅があり、隊列が伸びきることをある程度防いでくれている。馬や大砲が通行可能なのもありがたい。

こちらにはロズの家族や食堂や工房のおばちゃんたちなど、非戦闘員も少なからずいる。

「下見したときにも思ったが、やはり立派な道だな。ありがとう、ラーニャ下士補」

遠いフィニス出身の鼓笛隊長に声をかけると、彼女は小さくうなずいた。

「お役に立てて光栄です、参謀殿」

まだリトレイユ公ミンシアナが存命の頃、俺はミルドール家が離反したときに備えてこの山岳ルートでの撤退計画を立てていた。途中までだが下見もしている。

もちろん他にもいっぱい撤退計画を考えていた。山ほど作戦計画を立てて、どれにするか司令官に決めてもらうのが参謀の仕事だ。地味だが俺の性に合っている。

それはさておき、今後のことを考えよう。

ここはもともと巡礼者や苦行者が通る険しい山道だったらしいが、やがて一部の交易商人が目をつけた。街道の関所を迂回《うかい》できるからだ。関所の荷検《あらた》めや通行税は彼らに何のメリットもない。

密輸も厭《いと》わない交易商人たちが少しずつ手を入れていった結果、馬車はさすがに無理なものの、馬が通れる程度の抜け道ができた。

もちろん付近の領主たちはすぐに気づいたが、彼らはそれを上に報告するよりも黙認して荒稼ぎすることを選んだ。

収入源の乏しい山奥の領地に、後ろ暗い積荷を抱えた連中がコソコソやってくるのだ。適度に便宜を図りつつ、金をふんだくるのが正しい領主というものだろう。

「さっきからすれ違う連中は巡礼か密輸商人のどちらかなんだろうな」

「ええまあ、そうでしょうね……」

結構多いぞ。半分が密輸商人だとしても結構な物資が越境していることになるな。

実態を把握していないと、戦争計画を立てるときに思わぬ誤算が生じる。おかげで戦争は誤算だらけだ。

それに彼らは俺たちを目撃しているから、ブルージュ軍が徹底的に聞き込みをすればすぐに捕捉されてしまうだろう。

「急いだ方が良さそうだ。ラーニャ下士補、鼓笛隊のリズムをほんの少しだけ速めてくれ」

「はい、無理のない程度にしておきますね」

ブルージュ軍には精鋭の山岳猟兵が多い。彼らはもともと猟師で、銃と野外行動のスペシャリストだ。

ゼッフェル砦《とりで》の攻防では今ひとつパッとしなかった連中だが、ここは山の中。彼らにとっては最も戦いやすい場所だ。行軍中に襲われたらひとたまりもない。時間との戦いだ。

俺は溜息《ためいき》をついて考えるのをやめる。どのみち、もう引き返すことはできない。

「とにかく良い道だ。教えてくれてありがとう、ラーニャ」

「いえいえ」

我らが鼓笛隊長は少しはにかんだ表情で笑ってみせた。

この道は荷物を抱えた密輸商人たちが往来する山道なので、当然のように野営する場所もある。さすがにエオベニア側は未踏だが、帝国側の野営地は把握している。

「今夜はどの野営地を使うつもりだ？」

アルツァー准将が尋ねてきたので、俺は事前に作成しておいた地図を眺める。

「次の野営地だと早すぎる気がしますが、その次の野営地は遠い上に狭いですね。兵をしっかり休ませるか、距離を稼ぐか、どちらを重視しますか？」

「悩ましいな。貴官はどう思う？」

俺は道中のみんなの様子を思い出しつつ、上官に具申する。

「拠点を放棄したことで、誰もが内心では動揺しています。過去の訓練でも初日は不眠や靴擦れなどのトラブルが頻発しましたので、あまり無理をさせない方が良いかと」

「そうだな、私もそう思う。強行軍で明日以降の行動に支障が出れば本末転倒だ。早めに野営し、明日の夜明けと同時に起床しよう」

「はい、閣下」

ということでまだ明るいうちに野営地を確保し、さっさと天幕を張る。

まばらだが他の旅人たちもいるので彼らにも便宜を図ってやり、心証は良くしておいた。恨みを買うとブルージュ軍に通報されやすくなる。

「さてと」

またしても黒パンをもぐもぐ頬張った後、俺は貴重な白湯《さゆ》を飲む。煮炊きの煙は敵に見つかる恐れがあり、あまり多くの湯は沸かせない。

今回は体調の悪い者にパン粥《がゆ》を用意したので、残った湯でちょっとだけ贅沢《ぜいたく》させてもらった。しばらくはコーヒーともお別れだな。

次第に薄暗くなっていく山の風景を眺めつつ、明日の行軍計画について改めて考えていると、誰かがこちらに近づいてきた。男性のようだ。

見たところ旅人のようだが、何か変だな。何だろう。

こういうときに感じた些細《ささい》な違和感は大抵、後で大きな意味を持つ。

だから俺は違和感を無視せず、その男を警戒することにした。

「止まってくれ。それ以上近づくな」

その途端、男はぴたりと立ち止まる。動揺した様子もない。まるで……そう、まるで俺がそう言うのを知っていたかのようだ。

次の瞬間、低い声でそいつは笑う。

「相変わらずだな、ユイナー」

「その声は……まさか、爺《じい》さんか!?」

嘘《うそ》だろ、おい。

俺は十才になるかならないかの頃、今世の父親の虐待に耐えかねて家を出た。厳密に言えば家を出たり戻ったりして半放浪状態だったんだが、その頃の相棒だったのが兵隊上がりの老人だった。

顔は広いが行く先々で名乗る名前が変わっていたので、どれが本名かはわからない。

そして俺が士官学校の入試に合格した後、ふっと姿を消してしまった。俺も寮生活になり、そのまま少尉任官でリトレイユ領に送られたので、それっきり会っていなかった。

どうせどこかで元気にしてるんだろうとは思っていたが、やっぱり元気だったようでちょっと嬉《うれ》しい。

当時からタフで頼もしい老人だったが、まさかこんなところで出会うとは。

しかし彼が巡礼や苦行なんかするはずがない。

やるとすれば密輸の方だが、それも何か違う。彼は密輸品を買い取った上で、出所をロンダリングして稼ぐタイプだ。戦場帰りの彼は無駄なリスクを嫌う。

巡礼でも密輸商人でもないとすれば、後は山賊かそれに近い存在だろう。

久しぶりの再会だが、俺は警戒を緩めないことにした。その方がこの爺さんも喜ぶだろうしな。

案の定、老人は御機嫌だ。

「偉くなっても鈍ってないな。俺が見込んだ通り、とびっきりの将校になったようで嬉しいぜ」

「ありがとう。あんたのおかげだよ。白湯でも飲むか？」

いつでも抜刀できるように重心を低くしたまま笑ってみせると、老人は手をヒラヒラ振って苦笑いした。

「そんな殺気剝《む》き出しじゃ喉を通らねえよ。心配するな、今日は争うつもりはねえさ」

「本当かな？」

長年の相棒だったが、俺はこの老人を心から信じる気にはなれない。

彼が嘘をついたことは一度もない。ただ、はぐらかされたことなら何度もある。

彼が裏切ったことも一度もない。だがそれも、彼が俺を高く評価して利用価値を見いだしていたからだと思う。

油断できない相手だ。

そんな油断できない元相棒は立ち止まったまま、全く緊張の感じられない様子で首をコキコキと鳴らしている。

「懐かしいな。一緒に釣りをしたときのことを覚えてるか？」

「それ、貴族の愛人宅に忍び込んで観賞魚を釣ろうとしたときの話だろ。危うく死ぬところだったぞ」

この老人と組んでいろいろな悪事を働いたが、毎回トラブルだらけで何度も危うい橋を渡った。『死神の大鎌』の力がなければ、二人そろって十回は死んでるだろう。とにかくメチャクチャだった。

だが思い返すと懐かしい。酒浸りの父親に殴られながら、どうにかこうにか食べ物を漁《あさ》って寒さに震えていた頃よりもずっと楽しかった。

おっといかん。警戒心を緩めるとまずいぞ。これも全部計算だろう。

「悪いが今は仕事中なんだ。場合によっちゃあんたを撃つこともありえる仕事だよ」

じわりと脅してみたが、老人は全く動じていない。

「ああ、そうなるかもしれん。実は最近、傭兵《ようへい》団の頭をやっててな。ま、行き場のない兵隊どもの再雇用を創出って訳だ。お上品な仕事さ。今はブルージュ公に雇われてる」

「おいおい」

俺はマグカップを投げ捨て、サーベルの柄《つか》に手を掛けた。だが抜く気はない。身構えてみせただけだ。

ここまで手の内を曝《さら》したということは、この老人が今ここで襲ってくる可能性は低い。襲う気があるのなら、傭兵を率いていることやブルージュ公に雇われていることなど言わない方が有利だ。

「それを聞いて俺があんたを生かしておくと思ってるのか？」

「思ってるとも。俺の知ってるユイナーはそんな乱暴者じゃねえ。きちんと筋を通す見上げたヤツさ。そうだろ？」

老人はそう言って木の幹にもたれかかり、パイプをくゆらせる。ちょっと待て、火種なんかどこに隠し持ってた？　いつ火を付けた？　ていうか、どっからそのパイプ出したんだ？

そう。この老人は謎が多い。俺の知らない知識や技術を持っている。

だから油断ができない。

パイプに詰めた煙草《たばこ》はかなり上等なもののようだ。貴族将校が嗜《たしな》む銘柄の香りに似ている。

どうやら最近は羽振りがいいらしい。

老人は煙を吐き出すと、独り言のように続ける。

「メディレン家の女将軍を捕まえてこいってのが、今回の契約でな。ブルージュ公は今後の交渉を有利に運びたいらしい。ユイナー、お前は対象外だ。他の将兵もな。だから見逃してやってもいい」

こういうときに彼が嘘をついたことは多分一度もなかった。

もっとも今回もそうだとは限らないので、俺は敢《あ》えて信じないふりをする。

「あんた、敵方の傭兵の言葉を信じるか？」

「いいや？　話なんか聞かずにズドンさ」

ニヤリと笑った老人は、会話を心底楽しんでいる様子だった。

「だがお前は俺とは違う。いきなり撃たずに話を聞く。死神だなんだと言われていても、お前は優しい子なのさ。だから俺もこうして顔を見に来た。で、そんな優しいユイナーに相談がある」

老人は真顔になった。

「お前の上官を説得してくれ。降伏させて欲しいんだ。無理な願いなのは百も承知だが、俺は既に山岳猟兵どもを付近に展開させている。このままやりあえばお互いに死人が出るぞ。どうする？」

おっと、そうきたか……。

第76話 死神参謀と灰色の老兵

かつての相棒だった老人は、あくまでも穏やかに語る。俺を脅すような感じではない。

そして俺は知っている。

彼が穏やかに語るときはいつも血が流れるのだ。この老人は必勝必殺の備えがあるとき、最も温和になる。

「降伏か……」

時間を稼ぐため、俺はとりあえず思案する様子を見せておく。

まずこの老人の言葉が本当なのかどうかだ。

山岳猟兵は要するに人間狩りの訓練をした猟師だから、当然のように手強《てごわ》い。行軍中にゲリラ戦を仕掛けられたら休息もできなくなる。

だが本当にいるのかな？

……いや、確かに妙な連中がいたな。

俺は確かめるように老人に言う。

「そういえば街道からついてきた旅人の中に、兵隊上がりの歩き方をしているのが何人かいたな。早足の俺たちにぴったりついてきている上に、鼓笛隊の行進曲に反応してる。この野営地にもいるだろ。六人ぐらいかな？」

「あーいかんいかん、ちょいとしゃべりすぎたな。お前が鋭いことを忘れてたぜ」

どうだか。言い当てられたふりをしているだけで、本当はもっと兵を隠している可能性だってある。何が本当で何が嘘《うそ》なのか、話せば話すほどわからなくなっていく。

「だがそこまで気づいてるのなら話は早い。俺の命令ひとつで……いや、俺がここでお前に殺されたとしても、部下たちは任務を遂行する」

老人はコートの右腰をポンポンと叩《たた》いた。銃の形に膨らんでいる。

「お前が考えた『ねじれ筒』なら、遠く離れた場所から正確に狙撃できる。隠れ潜みながら少しずつ負傷兵を作っていけば、お前たちは山の中で身動きが取れなくなる」

困ったことに、この老人はライフル式マスケット銃を知っている。俺と一緒にそいつで密猟しまくったからだ。敵もあれを装備しているのなら、もはや射程の優位はない。

しかも俺の性格をよく知っているので、俺が負傷兵を決して見捨てないのもバレバレだ。

思っていたよりも状況が悪いな。

負傷者が一人出れば、それを救護して運搬するために三人か四人必要になる。銃弾一発で四〜五人が戦闘不能になる計算だ。軍隊にとっては戦死者より負傷者の方が重い。

こちらは二百人ほどの部隊だから、四十人ほど負傷兵が出ればほとんど戦闘不能になってしまう。負傷兵を見捨てれば戦えるが、そんな酷薄な司令官と運命を共にしたい兵はいないだろう。俺の敬愛するアルツァー准将はそんな人じゃない。

老人はここで穏やかな口調になり、諭すように言う。

「もちろん真正面からやり合えるほどの兵力は持ってきてないが、お前らを打ち負かすぐらいは訳もない話さ。わかるだろ？」

俺の返事を待たずに老人は続ける。

「だが結末のわかりきった戦いなんかしてもしょうがねえ。アルツァー准将に降伏するよう勧めろ。お前らは降伏しなくていい。逃げたいヤツは全員逃がしてやる。もちろん准将閣下には貴族として礼節をもって遇するさ。大事な人質だからな」

困ったぞ。戦えばおそらく老人の言う通りになるだろう。ちょっと悔しいが、准将に投降してもらうことも検討した方がいいな。

だがそう思った瞬間、俺の首筋に久しぶりにアレがぞわりと来た。

『死神の大鎌』の冷たい感触だ。

理由はわからないが、ここで降伏を受諾すると俺は必ず死ぬらしい。

目の前の老人が俺に嘘をついているとは思えないから、おそらく彼にとってもイレギュラーな何かが起きて俺は死ぬのだろう。

じゃあもう降伏できないじゃないか。

みんなのために降伏して死ぬという選択肢もあるにはあるが、できればもうちょっと生きてみたい。

だから俺はニヤリと笑った。

「悪くない提案だ。だが断る」

老人は驚いた様子で、俺の顔をまじまじと見つめる。

「おいおい本気か、ユイナー？　部下たちに命じて、今すぐお前の頭を撃ち抜いてもいいんだぜ？」

やりかねないから怖いんだよな、この爺《じい》さん。人を殺すときに全く躊躇《ちゅうちょ》しない。

だがここで弱気になってはまずいので、俺は余裕たっぷりに言い放つ。

「そっちこそ冗談がきついぜ。勝ち戦で上官を売る大間抜けだと思われてたのは心外だな」

「勝ち戦なものかよ。お前たちは今、敵地を逃亡してるんだぞ。どう考えたって……」

俺は敢《あ》えて老人の言葉を遮る。ごめんな、爺さん。

「いや、勝ち戦だよ。ブルージュ公は正規軍を動かすのを諦めて、シュワイデル人が率いる傭兵《ようへい》団に追撃させてる。エオベニアの国境を越えるのが怖いんだ。下手に刺激してエオベニアとの関係が悪くなったら困るからな。准将の身柄ひとつじゃ割に合わない」

老人は溜息《ためいき》混じりに首を横に振る。

「そうかもしれんが、そいつは依頼主の都合さ。俺の仕事とは関係ねえ。俺は契約を履行する。それだけだ」

「好きにすりゃいい。あんたの契約も俺の仕事とは関係ないからな」

話は終わりだとばかりに、俺は元相棒に言い放つ。

「残念だが今回は敵同士だ。そろそろ帰ってくれ」

「おや、撃たないのか?」

フッと笑った老人に俺は答える。

「あんたは正規の軍人じゃないが、殺し合いじゃなく話し合いをしに来てくれた。使者の安全は保障するのが帝国軍人だ」

「律儀だな」

「ブルージュ公の心証を悪くしたくないだけだよ。いつ捕虜になるかわからないからな。さ、帰ってくれ。今夜は冷えるぞ」

老人はしばらく俺の顔をじっと見ていたが、やがて肩をすくめた。

「しょうがねえ。今日はもう帰った方が良さそうだ。またな、ユイナー」

「ああ、またな」

気さくに笑った瞬間、老人が俺に飛びかかってきた。素手で組み討ちを挑むつもりらしい。俺を捕虜にする気だ。

それを予期していた俺はイスに腰掛けたまま、つま先で焚《た》き火《び》を蹴った。

燃えさかる小枝や枯れ葉が宙を舞い、老人の顔めがけて飛んでいく。下町の庶民が喧嘩《けんか》のときによく使う技で、昔はこうやって砂や犬の糞《ふん》を相手にお見舞いしたものだ。

それに被《かぶ》せるように俺は顔面めがけてパンチを放つが、華麗に避《よ》けられる。

「おい爺さん、話が違うじゃないか。やり合う気はないんだろ？」

「状況が変わったんでな。リンゴが落ちたら木に登ってもしょうがねえ」

そりゃそうだ。相変わらずだな。俺たちは用心深く距離を取った。

爺さんは無傷だ。焚き火もしっかり避けられてる。まあ通用しないよな。

だが黄昏時《たそがれどき》に目の前で火が激しく動けば、人間の目はそれに惑わされる。老人の視力だと明暗への順応も遅いはずだ。仕掛けるなら今がチャンスだな。

だがこの爺さんは白兵戦の達人だ。摑《つか》まれたら捌《さば》く自信はない。しかも俺を殺すつもりがないので、『死神の大鎌』が頼りにならない。

こんな物騒なジジイとプロレスごっこを続ける気はないので、俺は迷わず抜刀する。

だが斬りつけるのではない。俺はサーベルを振り上げ、仁王立ちになって号令をかけた。

「総員構え！」

「何っ⁉」

老人は瞬時に飛び退《の》く。マスケット銃の恐ろしさは彼自身が誰よりも熟知している。数を撃てば弾は弾幕になり、どう避けようとも当たるのだ。

次の瞬間、老人は背後の夕闇に消えていた。呼子笛を鳴らす音が森の奥から聞こえてきて、どんどん遠ざかる。

相変わらずの俊足だな。元気な爺さんだ。

ほっとした瞬間、思わず笑みがこぼれてしまう。

「ふふっ」

彼はたぶん、俺の射撃命令がハッタリだとすぐに気づいたはずだ。実のところ、俺の号令を聞いて銃を構えていた兵士なんか一人もいない。

だが老人はほんの一瞬とはいえ、自分がまんまと騙《だま》されたことに気づいた。敵の術中に陥ったことに気づいた瞬間、これ以上は危険だと判断して退いたのだ。

命知らずの猪《いのしし》武者なんかよりも、そういう慎重な相手が一番やりづらい。

「なんか騒がしいね？」

「敵襲かな？　あれ、参謀殿だ」

その頃には異変を察した女性兵士たちが天幕のあちこちから飛び出してきて、着剣した銃を手に不安そうな顔をしている。

俺はサーベルを手にしたまま、彼女たちに命じる。

「野営地にいる民間人を全員拘束しろ。まだいればの話だがな」

もちろん一人も残っていなかった。全部敵兵だったらしい。

あの爺さんが会いに来てくれていなかったら危ないところだった。

さっきの奇襲もどことなく手加減してるように思えたし、なんとなくからかわれてるような気がする。

久しぶりに会えて嬉《うれ》しかったのは、どうやら俺だけじゃなかったようだ。

急激に深まる森の闇を見つめながら、俺はぽつりとつぶやく。

「義理は果たした……ってところか？」

「どうなさいましたか、参謀殿？」

わたわたと駆けつけたハンナが心配そうにしているので、俺は笑ってみせた。

「何でもない。それよりも別命あるまで非常警戒態勢を敷いてくれ、俺は准将に報告してくる」

「了解しました！」

あの爺さんのことだ、この奇妙な挨拶も何か考えがあってのことだろう。

それよりもアルツァー准将に相談しないと。

ここからは厳しくなるぞ。

【灰色の猟犬たち】

山道を大きく外れた茂みの中に、五十人ほどの男たちがひっそりと佇《たたず》んでいた。

全員、目立たない色合いのマントをまとっている。これだけの人数が一カ所に集まっているというのに、人の気配を全く感じさせない。

そのとき、茂みを揺らす微《かす》かな物音がする。

瞬間的に全員が銃を構えた。

「待て待て、俺だ」

のんびりした声と共に、老人が現れる。

「団長だ！」

「よく御無事で！」

兵士たちの出迎えに苦笑しつつ、老人は日焼けした頰を撫《な》でる。

「やれやれ、あの坊やを強くしすぎた。ありゃ一筋縄じゃいかんぞ。参ったな」

「なんだか嬉しそうですね？」

「ははは、嬉しそうに見えるか？」

笑いながら老人は部下の肩を叩く。

「殺し合いの前に、あっちの参謀に降伏を勧めてきたんだがな。案の定断られちまった」

「この状況で降伏しない理由なんかありますか？」

「あるんだろうよ。あの坊やは必ず正しい道を選ぶ。死神に守られてるのさ」

老人の言葉に傭兵たちが微かに動揺する。

「そういや、その参謀って『死神クロムベルツ』じゃ……」

「リトレイユ公の反乱を阻止して、わずか一個中隊で反乱軍を叩き潰したっていう、あの『死神クロムベルツ』か⁉」

老人は軽く手を上げ、部下たちの動揺を鎮める。

「落ち着け。あの坊やが名将だからって、この状況で逃げ延びることはできんさ。俺たちの優位は変わらん。だがまあ……あの態度は気になるな。あれはハッタリじゃない」

老人はそう言って考え込む様子を見せる。

「いろいろ考えられるが、一番危険なのは連中がエオベニア王に話を通している場合だ。国境付近にエオベニア軍を展開されたら追撃どころじゃねえな」

「まずいですね、団長」

「なに、可能性のひとつに過ぎんさ。帝国領内で仕留めれば悩む必要もねえ。そしてお前らならそれができる。そうだな？」

「はい、団長！」

全員が背筋を伸ばす。

老人は目を細めてうなずき、それからこう言った。

「ヴァスロ隊は先行して哨戒《しょうかい》だ。国境地帯に不穏な兆候があればすぐに報告しろ。ヴィッセンとスクシアの隊は俺に続け。バロフ隊には後詰めと輜重《しちょう》を任せる。糧秣《りょうまつ》をなくすなよ？」

「はっ！」

敬礼する傭兵たちに老人は笑いかける。

「女を撃つのは気が進まんが、銃を持って戦場にいるのなら対等に扱わんとな。礼儀正しくやれ。つまりあれだ、容赦はするな」

「はっ！」

第77話 猟兵狩り

俺は今、真っ暗な山道に佇《たたず》んでいた。

銃は持たない。一応サーベルだけ腰に吊《つ》ってはいるが、もし敵の山岳猟兵に見つかれば応戦する手段がない。

つまり見つかったら俺は死ぬ。

そして俺は死の危機が間近に迫ると、『死神の大鎌』の予知能力が発動する。

今回、俺はこの能力に自分の命を預けることにした。この能力は生と死の崖っぷちでのみ役に立つ。命を懸けなければ使えない能力だ。だが他に方法がない。

俺はこの能力に全てを懸けて、追っ手の敵傭《よう》兵《へい》団を逆襲して殲《せん》滅《めつ》することにした。このまま山岳猟兵に追われながら国境の山岳地帯を行軍すれば、道中で必ず多数の犠牲者が出る。

山岳猟兵たちは攻撃側で、俺たちは防衛側だ。防衛側は攻撃側よりも苛烈に反撃しなければ生き残れない。

なんせ攻撃側は「攻撃を諦める」という選択肢があるが、防衛側には「防衛を諦める」という選択肢がない。防衛を諦めたら敵に蹂躙《じゅうりん》されるだけだ。

だから叩《たた》く。二度と追撃できなくなるまで、徹底的に叩きのめす。危険は承知の上だ。

山道を一歩、また一歩と、来た方向に戻っていく。

野営地からずいぶん離れたところで、不意に首筋に冷たい感触が走った。『死神の大鎌』だ。これ以上先に進めば俺は死ぬらしい。

ぴたりと立ち止まり、茂みに身を隠す。

すぐ近くに敵がいるはずだ。

しかし山岳猟兵は元猟師だ。獣にすら悟られずに姿を隠して忍び寄る相手に、素人の五感では太刀打ちできない。全然わからないぞ。どこだ、どこにいるんだ。

俺がドキドキしながら身を潜めていると、背後からトントンと背中を叩かれた。

ひゃっと飛び上がりそうになったが、すぐに気持ちを鎮める。敵がこんな優しいアプローチをしてくるはずがない。これは味方だ。

振り返るとライラ下士補が真剣な表情で前を見ていた。

「参謀殿、あそこです。大勢潜んでますよ。休憩しているようです」

俺には全くわからないが、元猟師のライラにはわかるらしい。そのために連れてきたんだから当然だが、なんでわかるんだろうな……。

まあいいや。居場所がわかったのなら、後は作戦通りに実行するだけだ。

俺は敵の位置を記憶し、ライラと共にそろそろと慎重に後退する。敵に気づかれたらこの作戦は失敗だ。

野営地ではハンナたち砲兵隊の面々が待機していた。准将から指揮権と共に預かっている。

「参謀殿、どうでしたか？」

「あの岩場だ。ありったけ撃ち込め」

「了解です！」

ハンナは敬礼し、すぐさま砲兵たちに命じる。

「目標、前方の岩場！　照準修正、左三つ、上四つ！　撃て！」

五門の野戦砲が次々に火を噴いた。砲火が夜空を焦がし、岩場に砲弾が撃ち込まれる。夜の峰に轟音《ごうおん》がこだました。

まさか居場所がバレて砲撃されるとは思ってなかっただろう。悪く思うなよ。

「えーと……参謀殿、もう一発いっときますか？」

「いやいい。すぐに敵が動き出すぞ。手順通りだ。砲は遺棄しろ」

「はいっ！　みんな逃げて！」

砲兵隊の子たちが砲を置き去りにして駆け出す。俺たちも逃げよう。


暗闇に轟音と叫び声が響く。

「畜生、何が起きやがった！」

「砲撃だ！　狙われてるぞ！」

「なんでここがわかったんだ!?」

真っ暗闇の中で傭兵たちが騒いでいても、老人は冷静だった。

「大声を出すな。猟犬が吠《ほ》えるのは獲物を追い立てるときだけだ」

その一言で傭兵たちは瞬時に統制を取り戻す。

負傷者が出ていることを確認し、老人は素早く命令を下す。

「砲撃は野営地からだ。寝静まるのを待ってやるつもりだったが、向こうが始める気なら遠慮はしなくていいぞ。ヴィッセン隊の負傷者はスクシア隊に入れ。砲火を直接見た者もな」

山岳猟兵たちは日没後、ひたすら暗闇に溶け込んで視覚の暗順応に専念していた。

彼らの大半は今も暗闇を見通す目を持っているが、大砲の発射炎を見た者は目が光に慣れてしまい、暗順応を失った可能性があった。暗順応できていない者は足手まといになる。

「五人か、案外多いな。なら代わりにスクシア隊から四人ほどヴィッセン隊に入れ」

ヴィッセン隊には隠密《おんみつ》行動の名手たちを集めていたが、万全でない者を連れていく訳にはいかない。

狙撃手を集めたスクシア隊から補充する。

補充が一人少ないのは、負傷兵を抱えることになったスクシア隊への配慮だ。

真っ暗闇の中、老人は部下たちに命じる。

「スクシア隊は散開して山道から陽動を行え。後方のバロフ隊が来るだろうから合流しろ。ヴィッセン隊は俺に続け。北側の沢筋から攻め上がって砲を制圧する」

すぐさま傭兵たちは動き出した。

老人の後に続いた十名余りの傭兵たちは、散発的に聞こえてくる銃声に耳を澄ませながら慎重に沢筋を登っていく。

涸《か》れて雪が積もった沢は足場が極めて悪く、登山ルートとしては最も危険だ。

だがそれだけに警戒されにくい。

正規の山道では味方が派手に動いて敵を引きつけている。たまに聞こえる砲声は着弾点がバラバラで、狙いが定まっていないようだ。おそらく損害を与えられていない。

「スクシアたちはいい仕事をしているな。俺たちもいい仕事をしよう」

老人がニヤリと笑うと、傭兵たちも笑った。

「よーし、いい顔だ。戦場の男の顔だな。行くぞ」

「おう！」

老人と傭兵たちは沢筋を駆け上がり、ほとんど絶壁に近い斜面をスルスルとよじ登った。砲兵陣地の側面を衝《つ》く形だ。

砲兵陣地は狙撃を恐れてか全ての灯火が消えていたが、暗闇に目を慣らしていた山岳猟兵にとっては星明かりで十分だ。

暗闇の中、山岳猟兵たちは音もなく野戦砲に忍び寄る。まだ銃は撃たない。発砲炎で暗順応が解けてしまうし、居場所が露見すれば集中射撃を受けるかもしれない。撃つのは標的を捕捉してからだ。

だが彼らはすぐに困惑した声で報告した。

「団長、誰もいません」

「おいおい、そんなはずが……いないな」

老人は大砲の砲身に触れる。まだ温《ぬく》もりがあった。ここから砲撃があったことは間違いない。

「なんだ、拍子抜けだな」

傭兵の一人がそうつぶやいたが、老人はそれをたしなめた。

「油断するんじゃねえ。すぐに隠れろ！」

老人が叫んだ瞬間、パパパッと銃火が闇を切り裂いた。

「うわっ!?」

「上からだ！」

すぐさま全員が木箱の裏などに身を潜める。待ち伏せされていたようだ。

「ははっ、思った通りだ。ゼッフェル砦《とりで》の再来って訳かい、ユイナー」

老人は愉快そうに笑うと、部下たちに命じた。

「多勢に無勢だ、長くは粘れねえ。大砲だけ破壊して引き揚げ……」

言葉の途中で老人はふと黙り込む。

「いや待て。何かがおかしい」

思考をまとめようと木箱を撫《な》でていた老人は、その木箱を凝視する。その直後、ハッとしたように叫んだ。

「退却だ！　総員退却！」

「えっ!?」

「ぐずぐずするな！」

木箱の陰から老人が駆け出す。

それを待っていたかのように無数の銃弾が降り注ぐが、暗闇を駆け抜ける老人には当たらない。

「だ、団長!?」

「いいから早く来い！　走れ！」

「でも沢筋を下るのは……」

傭兵の言葉は最後まで続かなかった。

隠れていた木箱が爆発したからだ。

爆風が吹き抜け、何かが木々の太い枝をバキバキと薙《な》ぎ倒す。単なる爆風ではない。銃弾のような何かが仕込まれていたようだ。凄《すさ》まじい殺傷力だった。

爆薬の裏側に隠れていた部下たちは全滅だろう。

「ちぃっ！」

間一髪で老人は急斜面を滑り降り、真っ暗な藪《やぶ》の中を転げ落ちる。滑落と表現して差《さ》し支《つか》えないほどの勢いだったが、積もった雪が衝撃を吸収してくれた。

激痛に耐えながら背後を振り返るが、続いてくる者はいない。銃声も止《や》んでいる。

「付近にまだ敵が潜んでいるかもしれん！　警戒しろ！」

ユイナーの声だ。どうやら砲兵陣地を奪還されたらしい。

おそらく生き残っている部下はいないだろう。あそこに戻るのは自殺行為だ。

「クソッ！」

老人はよろめきながらも闇に紛れ、後方の隊に合流する。

山道から離れた森の中で、二十人ほどの兵が老人の帰還を待っていた。スクシア隊と後続のバロフ隊だ。

「団長、よく御無事で！」

「ヴィッセンたちは!?」

「全員やられた」

老人は差し出された水を一口飲むと、乱れた前髪を掻《か》き上げた。

「何もかもがゼッフェル砦の再来だ。空っぽの陣地と伏兵。慌てて隠れた木箱にゃ御丁寧に爆薬が仕掛けてあった。しかも鉛玉か何かと一緒にな。至近距離であれをくらったら助からん」

「そんな……」

「あの坊や、山岳猟兵の強さと弱さを知ってやがったんだよ。真っ暗な冬の涸れ沢を駆け降りるなんてバカなこと、素人ならできても猟師にゃできねえ」

「確かに自殺行為ですからね」

うなずいた部下たちに老人は溜息《ためいき》をつく。

「だろう？　ヴィッセンたちが迷っている間に木箱の爆薬が引火しちまった。俺は助かったが……まあ涸れ沢を降りるのは確かにバカだな。あちこち打って傷だらけさ。無事だったのは運が良かっただけだ」

分隊長のスクシアが怯《おび》えた様子で口を開く。

「この手際、やっぱり『死神クロムベルツ』ですか？」

「だろうな。貴族のお嬢様にゃ猟兵の習性なんざわかりゃすまい」

老人の言葉に傭兵たちが動揺する。

「思ってた以上に手強《てごわ》いな、帝国の死神……」

「まさか緒戦でヴィッセン隊が全滅するなんて想像もしてなかったぞ」

老人は片手を上げて一同を制する。

「まあ落ち着け。お前らを犬死にさせる気はねえ。夜が明け次第、先行しているヴァスロ隊を狼煙《のろし》で呼び戻せ」

「団長、まさか追撃中止ですか？」

「さすがに今帰っちまったんじゃ契約違反だろ。だが計画は変更するしかあるまいよ。斥候《せっこう》に割くだけの兵力がもうねえ。場合によっちゃ撤収もありえる」

その言葉に傭兵たちがさらに動揺した。

「そんな⁉　まだ一戦やっただけですよ⁉」

「俺たちはまだ戦えます！」

だが老人は首を横に振った。

「一個小隊五十人で四倍の敵をちびちび消耗させていく作戦なのに、まだ一人も敵を仕留めないうちから十人以上やられちまってる。このまま戦えば磨《す》り潰されるのがオチだ。お前らの命を預かる身として、そんな死に方はさせられねえ」

老人は木にもたれかかる。

「この先はエオベニア領だが、俺たち傭兵にはケツ持ちがいないことを忘れるな。投降しても捕虜の待遇は受けられねえ。捕まれば山賊扱いで縛り首だ」

「だったら帝国領内で一気にケリをつけたら……」

傭兵の一人がそう言い、老人は軽くうなずいた。

「一応、そのつもりではいる。短期決戦なら先行偵察は必要ないしな。ただしヴァスロ隊は野外行動が専門で、銃の腕はそれほどじゃねえ。そううまくいくとも思えん」

老人は腕組みした。

「何より、あっちにゃ人狩り猟兵を狩る死神がいる。お前ら猟兵にできることも、お前らだからこそ絶対にやらないことも全て見抜いてる死神がな。追撃するなら覚悟はしておけ」

そう言った後、老人は背後の暗闇を振り返る。

「あの坊や、とんでもねえ化け物に育ちやがったな……」

第78話 死神は狩人《かりゅうど》の魂を刈る

敵の死体を埋葬する余裕はないが、かといって崖下に投げ捨てるのも気が引けるので布でくるんで安置する。こいつらはあの爺《じい》さんの部下だ。後は爺さんがやるだろう。

彼らの冥福をゆっくり祈る暇もなく、俺は鹵獲《ろかく》したマスケット銃を検分した。

「ライフル式じゃないな……」

意外なことに、全滅した敵兵の銃は大半が従来式のマスケット銃だった。

ライフル式のものはわずか三挺《ちょう》。敵は十人以上いたから、これは分隊狙撃手用だろう。

「ユイナー、どうした？　おっと違うな。どうなさいましたか、クロムベルツ少佐殿」

同期のロズ中尉が声をかけてきたので、俺は振り返る。

「そのわざとらしい訂正はよせ。それより敵の武装が貧弱だ。向こうにもライフル式マスケット銃があるのは予想してたんだが、数が少なすぎる」

するとロズは、ごく当たり前のような口調で答える。

「それ、数を揃《そろ》えるのが難しいヤツだろ？　傭兵《ようへい》ならそんなもんじゃないか？」

「まあ……そうだよな」

どうやら敵の山岳猟兵たちには、十分な数のライフル式マスケット銃が行き渡っていないらしい。

「なるほど」

俺は元相棒の爺さんがやってきた理由がひとつ、わかってしまった。

ライフル式マスケット銃が十分あるように思わせたかったんだ。

俺とあの爺さんはライフル式マスケット銃で密猟していた間柄だから、お互いに「アレは持ってるだろう」と認識している。だから俺も騙《だま》されたが、実際には彼らの武装は貧弱らしい。

ロズが家族用の天幕に引っ込んだ後、入れ替わりにアルツァー准将がやってくる。

彼女は野営地の惨状を眺めつつ、軽く溜息《ためいき》をついた。

「貴官に指揮権を預けると、どこもかしこも地獄絵図になるな」

「死神だとでも言いたいんですか」

どうせ俺の指揮は杜撰《ずさん》だよ。

しかし准将は苦笑しながら俺の肩を叩《たた》く。

「敵にとってはそうかもしれないが、我々にとっては守護神だよ。貴官は敵を駆逐した。やはり実戦経験が段違いだな。私の指揮や立案ではこうはいかない」

やった、褒められた。尊敬する上官に褒められると気分がいい。

俺は周囲への警戒を怠らず、しかし微妙に頬が緩むのを感じていた。

「敵は手練《てだ》れの山岳猟兵ですので、猟師にできることなら全てできます。明かりを持たずに暗闇の中から襲いかかってくることも可能です」

前世でマタギの逸話をいくつか聞いたことがあるのだが、彼らは何時間もかけて目を暗闇に慣らすそうだ。それによって真っ暗な森の中でも行動できるらしい。

さすがに普段入っている山での話だとは思うんだが、それでも人間離れした業だ。

念のために猟師出身のライラに聞いたら「できますよ」と即答されてしまったので、敵の侵入を想定した上で作戦を練り直していた。

「どこから敵が来るかわからなかったので、大砲を襲撃するように仕向けました。その上で敵を待ち伏せし、爆薬入りの木箱の陰に誘導した訳です」

山野を縦横に駆け巡る山岳猟兵だろうと、行動が読めるのなら大して怖くはない。プロ同士の勝負は高度な読み合いになるので、案外あっさりと決着がついてしまうことがある。今回もそうだ。

「我々は軍属の非戦闘員や、三才の女の子まで連れています。山岳猟兵に追われ続けながら山中を移動し続けるのは難しいでしょう。ここで彼らを殲滅《せんめつ》するべきです」

論理的に考えて他に解決策が思いつかなかったのだが、やっぱり思考が死神っぽいな。

アルツァー准将は少し考え込み、それから周囲の闇を見回す。

「だが敵の生き残りは山中に撤退したぞ。深追いは危険だ」

「はい。今夜は休息を取るしかないでしょうね」

すでに野営地のあちこちには松明《たいまつ》を灯《とも》している。敵は野営地に近づくだけで松明を目撃し、暗順応が解ける。

ただし松明には決して近づかないよう、みんなには繰り返し厳命しておいた。狙撃の的になるからだ。

「この備えなら暗闇からの奇襲は難しいはずです。いったん寝ましょう」

「やれやれ、また敵に怯《おび》えながらか。ゼッフェル砦《とりで》の再来だな」

「軍人をやっている以上、敵に囲まれてても眠れないと仕事になりませんよ」

俺も怖いんだけど、とにかく体と脳を休ませないと明日以降戦えないから仕方ない。

幸い、その夜はもう敵の襲撃はなかった。夜襲に備えて不寝番も立てていたんだけど、特に妙な動きはなかったらしい。

夜明けと共に湯を沸かし、同時に周辺に歩哨《ほしょう》を繰り出して警戒線を張る。

ライラたちを見送ったハンナ下士長が心配そうにしている。

「大丈夫でしょうか……」

「危険なのは間違いないが、本隊が急襲を受けると大損害が出る。ここには炊事のおばちゃんたちやロズの家族もいるからな」

俺もライラたちが心配なので、自分に言い聞かせるようにハンナに説明する。

「敵は追撃戦を想定しているが、この山道は敵もよく知らないはずだ。特にエオベニア領に入るのは相当警戒するだろう。彼らは傭兵で、正規の軍人としての身分を保障されていない」

「あっ、だから前方にも警戒線を張るんですね！　敵の斥候《せっこう》が先行してるから！」

「お、察しがいいな。そういうことだ。昨夜の戦闘で敵は予想外の損害を受けたから、兵力を整えるために斥候を呼び戻すかもしれない。それを捕捉できればいいんだが」

ま、向こうも百戦錬磨の山岳猟兵だろうから、俺たちに見つかるようなヘマはしないだろう。

俺は白湯《さゆ》の入ったマグカップと、布に包んだ黒パンの塊を差し出した。

「とりあえず貴官も朝飯にしてくれ。今日も大変だぞ」

「はい、参謀殿！　いただきます！」

【猟兵と猟師】

猟師の出《い》で立《た》ちをした男たちが山道を歩いている。先行偵察中だった山岳猟兵たちだ。

「さっきの狼煙《のろし》……緊急の帰還命令なんて、何があったんですかね？」

「砲声と銃声が聞こえたから戦闘が起きたのは間違いない。計画を変更するような何かがあったんだろう」

分隊長のヴァスロがそう答え、配下の十数名に告げる。

「もうすぐ第六特務旅団の警戒線に引っかかる。ここから先は安全に迂回《うかい》できるルートがない。ここを抜けるまでは猟師に戻れ」

すると猟兵たちが笑う。

「任せといてください。猟師の演技ならどんな役者より巧《うま》いですよ」

「そりゃそうだろ」

敵地に在っても猟兵たちは落ち着いていた。

やがて彼らの前方に、マルーンの軍服と白いマントを羽織った女性兵士たちが現れる。

「止まれ！」

「止まって！」

猟兵たちは微《かす》かにささやきあう。

「本当に女の兵士だ」

「あんな連中が人を撃てるのかよ」

だがヴァスロは部下を制した。

「油断するな。あいつらはキオニス騎兵どもを返り討ちにしてキオニスから生還した強者《つわもの》たちだ。お前らに同じことができるか？」

全員が一瞬で黙り込む。

分隊長のヴァスロが笑顔を作った。

「おうい、女の兵隊さんたちか！　見慣れねえ色だな、どこの軍服だ！」

「シュワイデル帝国第六特務旅団です！　あなたたちは!?」

「見りゃわかんだろうが！　鹿撃ちの猟師だよ！」

そう答えてヴァスロは背後を振り返る。

「いいか、『ツノ』撃ちだぞ。『オオヌシ』や『トガリ』撃ちじゃない。俺たちは『ツノ』撃ち猟師だ」

猟兵たちは無言でうなずいた。

帝国兵たちは警戒しつつも、猟兵たちに銃を向けるようなことはしなかった。あくまでも地元猟師として扱うつもりのようだ。

すぐに将校らしい若い男がやってくる。少佐の階級章をつけていたため、猟兵たちは彼を貴族将校だと判断した。平民は少佐になれないからだ。

帝国の少佐は気さくな態度で明るく笑いかけてくる。

「作戦行動中ですまない。猟の邪魔だろう？」

「いやいや。この辺りには、めぼしい鹿はおりませんでしたから」

ヴァスロがそう答えると、少佐は納得したようにうなずいた。

「鹿か。確か猟師の言葉で『シシ』と言うんだろう？」

「はは、いえいえ」

貴族将校が山言葉を知っていることにヴァスロは少し驚いた。

貴族は高慢で平民を見下している。特に猟師は領主の権限が及びにくいこともあって、「下賤《げせん》」とされることが多いからだ。

だがこの質問も引っ掛けかもしれない。本物の猟師なら正しい山言葉を知っていて当然だ。ヴァスロは丁重に訂正する。

「いやあ、そいつは猪《いのしし》の方ですよ。鹿は『ツノ』です」

「おや、そうか」

次の瞬間、少佐はパチンと指を鳴らした。

その場にいる全ての戦列歩兵たちが銃を構える。

「なっ!?」

驚いた猟兵たちとは対照的に、少佐は微笑《ほほえ》んでいた。

「山言葉が山ごとに違うのを知らなかったようだな。この界隈《かいわい》の猟師は鹿のことを『マクリ』と呼ぶんだ。『ツノ』呼びはミルドール地方に多い。お前たちはブルージュ公の傭兵だな？」

「い、いや違いますよ。地元の鹿を狩り尽くしちゃまずいんで、しばらくこっちに厄介になってるだけで」

ヴァスロはとっさに嘘《うそ》をついたが、帝国の少佐は手近な猟兵の弾薬ポーチを開いた。

「鉛玉も火薬入れもずいぶん多いな。猟師は無駄な荷物を持ち歩かないと聞いているが、これなら百発は撃てそうだぞ。この山の鹿を狩り尽くす気か？」

「ぐっ……」

言葉に詰まったヴァスロに帝国の少佐はさらに言う。

「鉛玉の大きさが鹿撃ちにちょうどいいサイズなのは褒めてやるよ。これでウサギ狩りだと言われても誰も信じないからな。だがこいつは人を撃つのにもちょうどいいサイズだ」

もう何も言い返せなくなったヴァスロに、少佐は笑いかける。

「確かに今は鹿撃ちの季節だ。だがお前たちの荷物には獲物を運ぶ空きもなければ、解体道具も見当たらない。そりゃそうだろう。お前たちの獲物は鹿ではなく帝国兵だ」

反論の余地もない指摘にヴァスロは唇を噛《か》む。

四方八方から銃剣を突きつけられているが、こちらは銃を構えていない。猟師は獲物に遭遇するまで銃を包みから出さないからだ。

もはや反論も反撃もできない。ヴァスロは覚悟を決めた。

「俺たちをどうする気だ」

「さて、どうしようかな」

少佐は楽しげに笑いながら、押収した銃を点検している。

それから彼はこう言った。

「お前、本当は何の猟師なんだ？　鹿撃ちにしちゃ偽装が稚拙だ。鳥撃ちか？」

「聞いてどうする」

「単純に聞きたいからだ。俺は猟師じゃないが、貴族様の私有林で鳥撃ちをよくやったよ。もちろん密猟だ」

ヴァスロは驚いて問い返す。

「あんた……貴族じゃないのか？」

「平民さ。少佐になったのはお偉方の都合だ」

「まさか、あんたが『死神クロムベルツ』か!?」

すると帝国の少佐はうなずいた。

「そう呼ばれることもある。嬉《うれ》しくはないがな。正しくはユイナー・クロムベルツ参謀少佐だ。元は路上育ちの平民さ。で、お前は何撃ちの猟師だ？」

ヴァスロはしばらく無言だったが、やがて口を開いた。

「俺は罠《わな》猟が本職でな、銃は撃たん。くくり罠で狐《きつね》を捕ってたよ。毛皮が高く売れるのさ。あいつらは鶏小屋《とりごや》を荒らすから農家も喜ぶ」

「なるほど」

少佐は他の猟兵たちを見回した。

「お前たちは？」

武装解除させられていた猟兵たちは互いに顔を見合わせるが、やがて渋々といった感じで口を開く。

「あんたと同じ鳥撃ちだよ。こんな口径のデカい銃は使わん」

「熊狩りをやってた。勢子《せこ》だけどな」

「俺なんか砂金掘りさ。渓流釣りのふりしてよ」

「鉱山技師だよ。猟師だったのは俺の親父《おやじ》さ」

ヴァスロ隊は銃の扱いが得意ではないが、その代わりに野外活動に長《た》けた偵察隊だ。前職を見れば一目瞭然だった。

少佐は納得したようにうなずいている。

「そういうことか。どいつもこいつも興味深い履歴をしてるな。調書を取るからいろいろ聞かせてもらおう。妙な真似《まね》はするなよ？」

楽しそうな少佐の様子に、猟兵たちは困惑の表情を隠せなかった。


「ヴァスロたち遅《おせ》えな……」

老人がつぶやいたとき、ようやく野営地にヴァスロ隊が戻ってきた。

「すみません、団長。ヤツらの捕虜になってました」

「捕虜に？　逃げてきたのか？」

するとヴァスロが困惑したように答える。

「いや、それが解放されちまって……」

「何だって？　おい、尾行されてないだろうな？」

「それは大丈夫です。途中まで向こうの猟兵っぽいのがうろうろしてましたが、こっちが武装してるせいか追ってきませんでした」

「んん？」

老人は妙な顔をする。

「そういやお前ら、銃を持ったままだな。没収されなかったのか」

「弾薬は一発分だけ残して全部没収されたんですが、銃は返してもらいました。無いと道中が危険だろうって」

「おいおい、捕虜から武器を取り上げねえのかよ」

老人は呆《あき》れてみせたが、すぐに溜息をつく。

「そいつ、銃身を念入りに点検してただろ？」

「え？　あ、はい。全部確認してました」

老人は腕組みする。

『ねじれ筒』じゃねえ銃なんかぶん捕っても仕方ねえってことだな。やはり相当数を配備してやがるのか。それにしても」

老人はヴァスロ隊の面々を見回した。

「お前ら、すっかり山男の顔に戻っちまってるな。猟兵の顔じゃねえ。何があった？」

「いえそれが、尋問で昔のことをいろいろ聞かれまして」

「なるほどな。あいつらしい」

苦笑した老人はヴァスロの肩を叩く。

「無事に戻ってこれて何よりだ。バロフ隊と交代して輜重《しちょう》を担当しろ」

「いいんですか？」

「お前らは面が割れてる。次に見つかれば命はねえ。それに今のお前らは兵隊魂が抜けちまってる。死神に抜き取られたな」

「すみません……」

「バカ野郎、謝る必要があるかよ。全員無事に戻ってきたんだ。それで十分さ」

老人はそう言って笑い、それから表情を引き締めた。

「ところで、爆破できそうな場所はあったか？」

「はい、団長。山頂付近に手頃な場所を見つけました」

「よくやった。後は任せとけ」

第79話　銀嶺《ぎんれい》の参謀

俺たちは敵の追撃を警戒したが、あれっきり襲撃はぴたりと止《や》んだ。

緒戦で敵の兵力を大きく削《そ》いで、計画変更を余儀なくさせた……のかな？　ちょっと自信がない。

「尋問では有益な自白は何も引き出せませんでしたが、彼らの様子や行動からある程度の推測は可能です」

俺はアルツァー准将に説明しつつ、貴重な白湯《さゆ》を飲む。

空気が乾燥しているせいで喉がガラガラだ。しゃべるのも叫ぶのも仕事のうちだから喉のケアをしておかないと。

「彼らはミルドール地方のシュワイデル人、それと国境地帯のブルージュ人のようです。まあ彼ら自身にとっては大した違いはないんでしょうが」

すると准将はビスケットにジャムを塗りながら苦笑する。小休止中のカロリー補給は軍務のうちだ。

作戦行動中はまともに食事が摂《と》れない。

「猟師は山ごとに社会を形成すると聞いたことがあるからな。山を国境にしたがる貴族とは価値観が違う」

「仰《おっしゃ》る通りです。比較的狭い地域の住民で構成されていますので、展開している部隊は小規模でしょう。事実、敵の動きを見た限りでは一個小隊程度のようです」

猟師出身のライラが率いる分隊が危険な偵察任務を引き受けてくれている。敵は追撃を断念した訳ではないが、攻撃は中断したままだ。

「ライフル式マスケット銃の配備率は高くないようですし、一個分隊ほど倒しましたので敵の脅威度はやや低くなりました」

「やや低く、か」

「ええ。そんなに低くはなっていません。相手は俺の元相棒です」

「お前の『おじいちゃん』か。彼の本名と軍歴は不明なのだな？」

准将の問いに俺は頭を掻《か》く。

「はい。戦列歩兵だったのはたぶん間違いないと思うんですが、それすら保証の限りではありません。なんせホラ吹き爺《じい》さんでして」

「楽しそうだな。お前のそんな表情が見られて嬉《うれ》しいぞ」

山の中を逃避行してるのによくそんな台詞《せりふ》が出てくるな、この人。心臓が鋼でできてるんじゃないか。

俺は頬が熱くなってくるのを感じつつ、冷静を装って咳払《せきばら》いをする。

「もうすぐ国境を越えますが、あの爺さんの性格ならエオベニア領内までは追ってこないでしょう。ただし……」

「その前に決着をつけに来るのだろう？　そうでなければとっくに撤退しているはずだ」

「その通りです」

俺は地図を広げた。

「追撃中にこちらの負傷者を増やして行軍不能にし、閣下の投降を促すという敵の作戦は不可能になりました。しかし行軍不能にするなら方法は他にもあります」

俺は地図の一点を示す。

「山頂付近に崖沿いの道があります。巡礼者たちが『肩擦り崖』と呼ぶ難所で、荷馬一頭が通るのがやっとの狭い道です。ここが崩落すると我々の進路は完全に封鎖されます」

「そこを爆破するつもりか？　言うほど簡単ではないぞ」

「尋問した猟兵の中に、元鉱山技師だという不審な者がいました。仕事の内容になると急に口を閉ざすんです。誘導尋問で探ってみたところ、どうも石切り場で爆薬を扱っていたようでした」

「では可能性はあるか。だがそれなら捕虜たちを始末すべきだったのではないか？」

「その場合、あの爺さんは別の策を考えるでしょう。厄介な爺さんですから何を思いつくかわかりません。それよりはこの策を温存させた方が楽です」

「なるほど。敵の指し手をひとつに絞らせる訳か」

察しのいい上官で助かる。

「そういうことです。敵が『肩擦り崖』の封鎖に力を注ぐのであれば、道中の戦闘は減るでしょう。我が軍の被害も抑えられます」

「優しい参謀殿だ。いいぞ、私も同意見だ」

准将は微笑《ほほえ》むと優雅に足を組んだ。

「それで、お優しい参謀殿は私にも優しくしてくれるんだろうな？」

「もちろんです。閣下を危険には曝《さら》しませんし、敵の手にも渡しません」

俺は自信と誇りを持って断言してみせたが、なぜか准将はふくれっ面をした。

「続けてくれ」

「え？　はい……。ええと、敵の作戦は崖の上を崩落させて道を塞ぐか、崖の下を崩落させて道そのものをなくしてしまうかの二択になるんですが、可能性が高いのは前者ですね」

「崖ごと崩すのはやはり相当な手間か？」

「はい。限られた人員と時間で確実に実行できるのは前者です。後者は準備と実行の両面で困難が伴います」

なんせ電気着火とかできない時代だからな。遠隔起爆が可能なのはせいぜい導火線だが、信頼性が低い。積雪と強風が火を消してしまうだろう。

「この時期、警戒すべきは岩ではなく雪の方でしょう。尾根筋に積雪があり、表層雪崩が起きる可能性があります。実際に数年前に雪崩が起きて、通過中の隊商が被害を受けたそうです」

「よく調べているな……」

それが仕事だからな。周辺の地理については平和な時期に調べ上げておいた。

アルツァー准将は感心したように腕組みする。

「しかしお前は尋問から雪崩のことまで何にでも詳しいな。それも前世の知識か？」

「知識は前世で仕入れましたが、実体験は今世の方が豊富ですよ。前世は山歩きなんかしたこともありませんでしたから」

俺は苦笑する。

准将はそんな俺の顔をぼんやり見ていたが、慌てて表情を引き締めた。

「そ、それで敵の出方は？」

「岩を爆破するには掘削して何カ所も孔《あな》を開け、そこに爆薬を仕掛ける必要があります。しかし雪なら棒状の爆薬を差し込むだけで済みます。ただし我々の人数なら復旧が可能ですので、事前に爆破しても決定打にはなりません」

俺の言葉に准将は素早く反応した。

「では我々の通過中に雪崩を起こし、隊列を分断する気か」

「おそらくは。閣下は皆を安心させるためにいつも隊列の後方におられますので、通過中に前半分を切り離してしまうつもりでしょう」

准将はいつも最後尾に目が届く距離にいるので、隊列が伸びきった場所ではかなり後ろの方になる。

危険だから賛成できないんだが、今回はそれを逆手に取って敵を罠《わな》に掛けようと思う。

准将はじっと考え込む。

「では私が囮《おとり》になろう。この地点を通過する際、私は最後尾に回る」

待って。ちょっと待って。参謀の話を聞いて。

俺はどうやってこのハンサムすぎる美女を口説くか、頭をフル回転させた。

【白熱の銀嶺】


雪に覆われた山頂付近の尾根で、十人余りの男たちが作業をしていた。

「急げ、敵が近いぞ」

「わかってる。だが作業手順は抜かせんのだ」

「おい、そこを踏むな。崩れるかもしれん。今はまだ雪崩を起こす訳にゃいかねえんだ」

男たちは雪に小さな孔を開け、そこに油紙の筒を差し込んでいく。石切り場で使う爆薬だ。爆薬の楔《くさび》を何発も打ち込むことで岩を切断する。

今回切断するのは岩ではなく雪の塊だった。

「団長、こんなので本当に雪崩が起きるんですか？」

「冬の終わりに起きる雪崩ってのはな、新雪の塊が凍った根雪の上を滑り落ちて起きるのさ。一応、条件はそろってる」

老将はそう言って腕組みした。

「とはいえ、この程度の積雪じゃ雪崩にゃならねえ。そこで新雪の塊を切り出して、強引に雪崩を起こすって訳だ。爆薬はしっかり奥まで挿せよ」

老将は望遠鏡を取り出し、遥《はる》か下の山道を覗《のぞ》き込んだ。

「敵が通過を始めたな。準備はできたか？」

「おおかた終わりました。現時点でも爆破は可能です」

灰色の老将に報告したのは分隊長のバロフだ。彼はブルージュ工兵隊の出身で、実は猟兵ではない。

「よし、上出来だ。やっぱり本職は早《はえ》えな」

老将は部下を褒め、不敵に微笑む。

「さてと、仕上げの時間だ。お姫様はいつも通り隊列の最後尾にいる」

「怖がりのお姫様ですか。好都合ですね」

しかし老将は望遠鏡を覗きながら首を横に振る。

「いやあ、ありゃ部下が全員渡り終えるまで見守るつもりだろう。おっと、あの坊やも隣にいるな。説得してるようだ。はは、相変わらずの苦労性か」

苦笑した後、老将はふとつぶやく。

「だが、あのお姫様は本物かな？」

「どういう意味です？」

「この状況は俺たちに都合が良すぎる。策を読まれてるかもしれん」

バロフ分隊長が驚く。

「まさか!?　向こうには工兵も山岳猟兵もいないんですよ？　爆破で雪崩を起こすなんて奇策、読めるはずが……」

だが老将は首を横に振った。

「あの坊やは利口な上に勘が鋭いからな。生まれて初めて見た物でも、即座に本質を言い当てる。恐ろしいぐらいさ。本物の准将は先行してるかもしれねえな」

バロフ分隊長はうろたえた様子だ。

「どうします？　もう爆破しますか？」

「バカ言え、下手に雪崩に巻き込んで殺しちまったら意味がねえだろ。それっぽいのはいないか？」

「と言われても、そこらじゅう女ばっかりで……」

バロフの言葉に老将は頭を掻いた。

「やれやれ、こりゃ心配するだけ無駄だな。あの将校をアルツァー准将だと考えることにしよう。隊列の後半が渡り始めたら爆破して孤立させろ」

「いいんですか？」

「最後尾に囮を置いたのなら中央に本物を置いたりはしねえ。雪崩に巻き込まれる可能性が一番高い。俺なら危険を覚悟で先頭に置く」

老将がそう言ったとき、銃声が轟《とどろ》いた。

とっさに全員が伏せる。工兵の一人が叫ぶ。

「敵です！」

「わかってる、応戦しろ！　チッ、やっぱり読んでやがったか」

老将がつぶやいたとき、聞き覚えのある声がした。

「その通りさ、爺さん！」

「何だと!?」

慌てて顔を上げると、山頂近くの崖の上からユイナー少佐が銃を構えていた。

ほぼ垂直の崖なのでお互いに接近戦は不可能だ。老将はとっさに岩陰に隠れつつ、大声で怒鳴り返した。

「なんでお前がここにいる⁉」

「先に渡って反対側から登ってきたからな！　険しくて苦労したよ！」

「てことは何だ⁉　下にいるのは影武者か⁉」

「この旅団にもう一人、男性将校がいるのを知らなかったのか？　あれは俺の同僚だよ！　俺の軍服を着てるけどな！」

銃声は何発も聞こえてくる。向こうは崖の上にいるのではっきりとは見えないが、どうやらそれなりの手勢を率いてきたらしい。数の上では互角のようだ。

「クソッ……」

老将は呻《うめ》いた。

「じゃああの准将閣下も影武者だな⁉　本物はどこにいる⁉」

「教える訳ないだろ！　耄碌《もうろく》したんなら引退して子犬でも抱いてな！」

「相変わらず可愛《かわい》くねえな、お前は！」

怒鳴り返した後、老将は部下に命じる。

「おい、撤退だ！」

「準備できたのに爆破しないんですか⁉」

「してどうするんだよ、雪崩で封鎖しちまったら追撃不能になるだろうが。こんな戦で命を無駄にするな。退《ひ》け！」

工兵たちは稜線《りょうせん》に隠れ、そのまま後方へと退いていった。

老将もそれに続いたが、ちらりと背後を振り返った。崖の上からユイナー少佐が女子歩兵たちに何か指示している。

「まったく、立派になりやがって……」

すっかり青年になった元少年に軽く敬礼すると、老将は銀嶺の彼方《かなた》に消えた。


「行ったか」

俺は額の汗を拭い、ほっと一息ついた。大勝負だったが、どうやら賭けに勝ったようだ。

いや、油断は禁物だ。

「全軍の通過完了まで監視を続けるぞ。ただしこれ以上の射撃は極力控えろ。発砲音で雪崩が起きると困る」

「了解！」

ライラたち選抜狙撃手がライフル式マスケット銃を構え、油断なく周囲を警戒している。決して一流とは言えないが、今の俺に動かせる最高の射手たちだ。

あ、そうだ。忘れてた。

「准将閣下とロズ中尉に『もう渡っても大丈夫だ』と報告してくれ。あと待機中の砲兵たちにも連絡を頼む」

「はい、参謀殿」

実はアルツァー准将はまだ通過していない。ロズ中尉と一緒にいるのは本物だ。准将の影武者なんか最初からいない。

万が一にも准将が雪崩に巻き込まれないように俺が考えたのが、「影武者に見せかけてやっぱり本物」作戦だった。

そしてあの爺さんにそれを信じ込ませるために、俺がわざわざこんな山のてっぺんまで登ってきた、という訳だ。

あの爺さんの性格を考えると、最前線で爆破指揮に出てくるだろうからな。

俺の顔を見て「下にいるユイナーは影武者だ」と気づいた爺さんは、アルツァー准将の方まで影武者だと思い込んだ。

准将が通過しているのならもう爆破する理由はない。むしろ追撃不能になるので爆破は控えるだろう。

もっとも理屈の上ではそうなんだが、戦場では理屈に合わないことがしょっちゅう起きるので自信はなかった。爺さんが耄碌してなくて助かった。

「それにしてもここ寒いな」

するとライラ下士補がフッと笑った。

「くっついて暖まりますか？」

「遠慮しておく」

冗談言うようになったんだ、この子。

【再会を誓って】

老将は工兵たちと共に後方に退いていたが、道中でふと立ち止まった。

「いけねえ、すっかり騙《だま》されちまったぜ」

「どうしたんです、団長？」

傍らのバロフ分隊長が不思議そうにしたので、老将は苦笑いする。

「すまん、お前の言ってたことが正しかった。さっきのは爆破が『正解』だ」

「えっ!? でも准将が通過した後で爆破してもしょうがないでしょう？」

「いや、ユイナーの坊やがわざわざ俺に顔を見せに来た理由を考えてな。坊やの影武者と一緒にいた准将、ありゃたぶん影武者じゃねえ」

「マジですか!? どうします、戻りますか？」

「もう遅い」

老将がそう言ったとき、轟音《ごうおん》が山嶺《さんれい》にこだました。

「雪崩です、団長！　あいつら自分で爆破しました！」

「砲兵を使ったな。これじゃ追撃できねえ。俺たちの人数じゃ復旧に時間がかかりすぎる。かといって街道に布陣した正規軍に今から連絡しても間に合わん。やれやれ、あの大隊長に合わせる顔がねえな」

老将は大仰に嘆息し、それから皆を見回した。

「まあいい。俺たちが依頼されたのは、あいつらをミルドール家やジヒトベルグ家に行かせないことだ。ここまで来れば契約は果たせる。准将を捕虜にすれば報酬は倍額だったんだが、あんまり欲張ってもしょうがねえか」

老将はあごひげを撫《な》で、ニヤリと笑う。

「お前たちもいい働きぶりだった。おかげで次の戦ができるぞ」

「次もありますか？」

なぜか戦いを熱望するような部下たちに老将は楽しげに答えた。

「もちろんだとも。あの坊やがこのつまらん戦争を面白くしてくれる。さあ下山だ」

第80話 薬指の王

「本職の工兵の仕事は丁寧だな」

俺は急斜面を滑り落ちていく白い奔流を見下ろしつつ、感心しながら腕組みした。やはりあの爺《じい》さん、いつも良い仕事師を集めてくる。人を見る目は確かだ。

おそらく他の山岳猟兵たちも選《え》り抜きだったんだろう。まともに戦わなくて正解だった。

「参謀殿、准将閣下がお呼びです」

ここまで登ってきた伝令の子がハアハア言いながら敬礼してきたので、俺も答礼で返す。

「すぐ行く。わざわざすまないな」

「だ、大丈夫です。すぐ呼んでこいと閣下が……それはもう……」

息を切らしながら彼女が言うので、俺は苦笑する。

「少し休むといい。みんなと一緒に下りてきてくれ」

俺が百メートルほど下って山道に戻ると、アルツァー准将が待っていた。

「無事で何よりだ。上からの追撃はなさそうか？」

「そうですね。途中に断崖があるので、山頂側からの迂回《うかい》は不可能です。追撃はもうないと思っていいでしょう」

前世の登山家なら装備と技術で攻略してしまうかもしれないが、こちらの世界の登山用具はどれも素人の手製だ。それに猟兵たちは重い銃と弾薬を携行している。

ライラたち山育ちの面々に聞いたところ、全員から「無理です。死にます」と簡潔なお返事を頂いたので、それを信じることにする。

「さて、ここからはエオベニア領にいったん抜けて、そこからまた帝国領に戻ります。戻ったところで補給を受けられるよう、以前から第四師団とは連携していますので。……大丈夫ですよね？」

「そこで心配するな。私を誰だと思っている」

第四師団を擁するメディレン家の一員。現当主の叔母上だ。

准将は馬にまたがるとバッとマントを払いのけ、一同に号令をかけた。

「諸君の働きのおかげで、一兵も失うことなく窮地を脱した！　だがまだ目的地に着いた訳ではない！　ベッドで寝られる生活を取り戻すために、今しばらく歩みを続けろ！」

みんな准将のことを慕っているので、表情がキリッと引き締まる。

いいぞ、さすがは俺の准将閣下だ。

准将は満足げに兵士たちを見回した後、俺を見てふと怪訝《けげん》な顔をする。

「なんでそんなに嬉《うれ》しそうなんだ？」

「嬉しそうですか？」

「娘の成長を見守る父親みたいな顔をしているぞ。そういう目で見るな」

そんなこと言われても……。

×　×　×

こうして俺たちはエオベニア領にちょっとだけ失礼して、翌日には無事に帝国領に入った。エオベニア領でも多少のトラブルはあったが、ここからはもう敵襲を警戒する必要もない。

辺境の山村で補給を受けた後は街道をのんびり行軍し、俺たちは無事にメディレン領の城塞都市パッジェに到着することができた。

そして今、俺は再び人生最大の正念場を迎えていた。

「貴官がクロムベルツ少佐か。我が叔母をよく支えてくれたそうだな」

パッジェ要塞の会議室で俺を見ているのは、五王家の「薬指」メディレン家の当主だ。

四十代半ばだが宝飾品や礼服を自然に着こなしており、ジヒトベルグ公やミルドール公弟と比べるとオシャレだ。

さぞかし海上交易で潤っているのだろう。武人というよりは敏腕経営者といった印象で、物腰は穏やかだ。

しかし不思議な威圧感がある。さすがは五王家の当主というべきか。

「失礼、先に名乗らねばな。私がメディレン家当主、ハーフェン・シャハー・モンツォ・ユン・ポルトリーテ・アウグレン・ゼッツァライヒ・メディレンだ。……いや待て、何か抜けているな」

威圧感が一瞬で消え、その辺にいそうなおっさんになった。親しみやすいぞ。

「まあよいか。このような長い名は貴官には滑稽であろう。『薬指』のハーフェンとでも呼んでくれ」

「お心遣い感謝いたします。それと正式な名乗りを頂いたのは生まれて初めてです。大変光栄です」

World Map

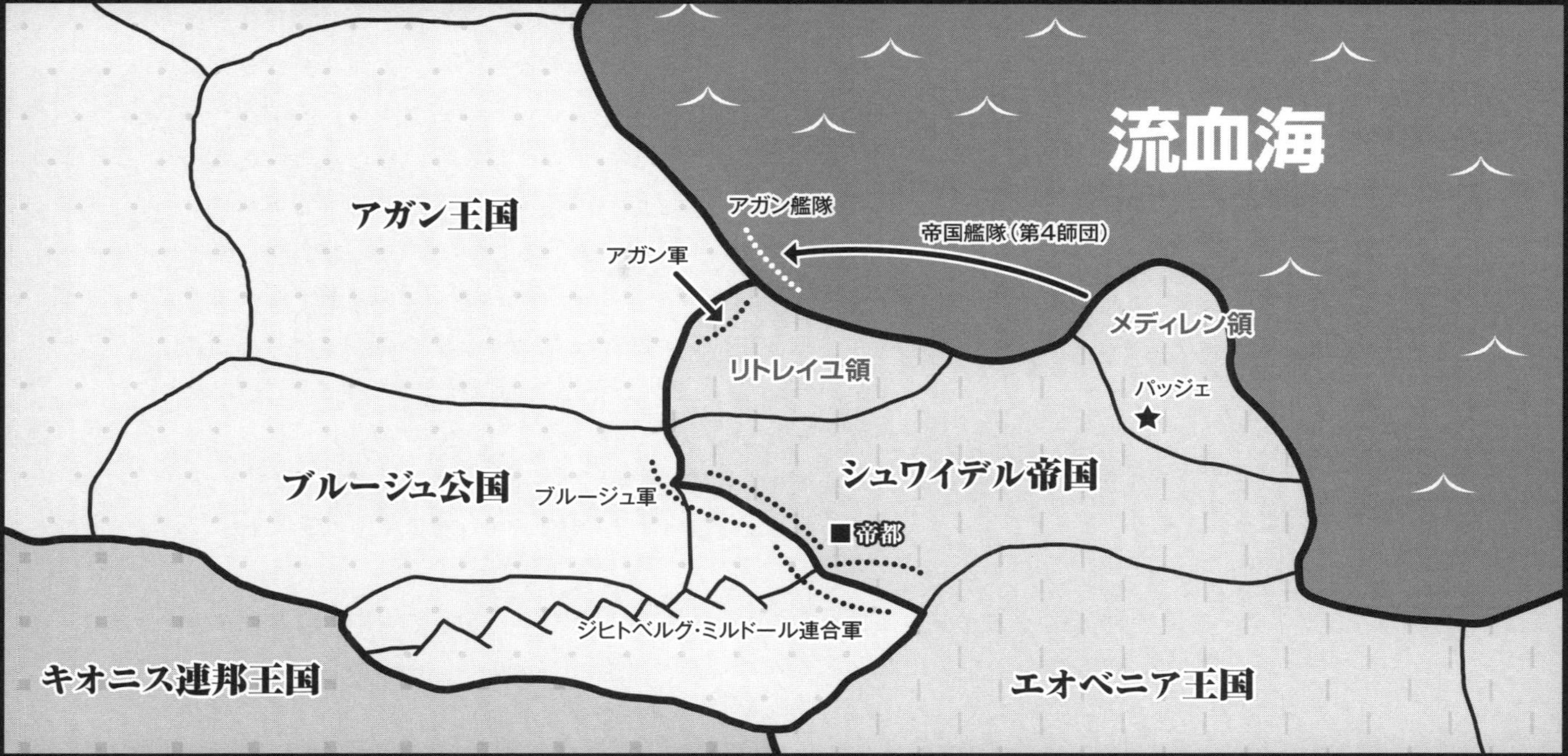
流血海
アガン王国
アガン艦隊
帝国艦隊（第4師団）
アガン軍
メディレン領
リトレイユ領
パッジェ
ブルージュ公国
ブルージュ軍
シュワイデル帝国
帝都
ジヒトベルグ・ミルドール連合軍
キオニス連邦王国
エオベニア王国

貴族は偉くなればなるほど名前が長くなる。家系だの地位だのを示すのに必要だからだ。

もちろん長すぎて不便なので、正式な名乗りは家督継承などの儀式でしかやらない。

逆に言えば、この親しみやすいおっさんは俺との面会に儀式と同等の格式を示してくれたことになる。

だから礼を言っておく。

するとメディレン公はフッと微笑《ほほえ》んだ。

「やはり機微を解するか。さすがは叔母上の見込んだ男ですな」

メディレン公の隣に座っているアルツァー准将が渋い顔をする。

「『叔母上』はやめていただきたいのですが、ハーフェン殿？」

「良いではありませんか。うちの子たちも『大叔母様』と呼んでおります」

「シュライト殿は私よりも年上ですし、マリエ殿やメルク殿も私とそう変わりません」

家族ぐるみで仲が良いらしい。ほっこりしてきた。

しかしさっきの名乗り、さりげなく俺を試していたのか。こういうところは非常に貴族的だな。まあでも褒められたので悪い気はしない。

年下の叔母とのやり取りの後、メディレン公はこちらに向き直った。

「貴官の忠誠と能力はよく知っている。少なくとも五王家に知らぬ者はいないだろう」

そんなに。

「敵地から無事に叔母上を連れ帰ったことで、貴官には借りができた。普通ならミルドール家に頼んで身柄を引き渡してもらうしかないところを、旅団ごと堂々の凱旋《がいせん》だからな。まったく大したものだ」

そう言われると照れくさい。

少し気が緩んだ俺だったが、メディレン公はスッと目を細める。

「それも転生者ゆえ、かな？」

おおっと……。

フィルニア教安息派にとって、生まれ変わりは信仰の否定だ。生まれ変わりを認めているのは転生派で、ここがどうしても妥協できないらしくて対立している。

公の場で転生者だと名乗れば異端審問直行だろうが、これは非公開の会見だ。

それに俺が転生者だと知っているのは、アルツァー准将ただ一人だ。彼女がメディレン公に教えたのだろう。

准将が俺を陥れるようなことはしないから、素直に認めてしまって大丈夫だ。

「そうです」

その瞬間、メディレン公の表情が変わった。

「ほう……。転生者と認めるか」

「准将閣下からお聞きになったのでしょう。ならばいちいち隠し立てする必要はありません。時間の無駄です」

そう答えるとメディレン公が苦笑する。

「その通りだが、即答する判断力と度胸が凄《すさ》まじいな。筋金入りの強者《つわもの》だ。貴官ほどの男を小隊長にしていた第五師団は見る目がない」

それからメディレン公はアルツァー准将を振り返る。

「この者、恐ろしいほどに有能ですな。転生するだけで人間の力はこれほどまでに高まるものでしょうか？」

「この男の場合、転生する前から有能だったと思いますよ。本人は決して認めませんが」

変な誤解が発生しているので訂正しておこう。

「前世では平民の子でも十年以上、ほぼ無償で学業に専念できます。その違いでしょう」

「羨ましい世界だ。だがそんなに賢い平民たちを統べるのは大変そうだな。私には自信がない」

メディレン公はまた苦笑した。

「いいだろう。貴官の器量と前世の知識、紛れもなく本物だ。旅団ごと第四師団に来るがいい。旅団に相応《ふさわ》しい規模の兵を与える。参謀少佐に相応しい待遇もな」

受けちゃっていいのかな。

ちらりとアルツァー准将を見ると、彼女は少し呆《あき》れていた。

「ユイナー、なぜそこで躊躇《ためら》う。さっさと承諾しろ。転生者だと認めることよりも重大な決断か？」

「小官にとってはそうです。閣下のお側《そば》を離れたくありません」

すると准将の顔が真っ赤になる。

「心配しなくても私がお前を手放す訳がないだろう。お前を師団本部になどやるものか。何を言い出すかと思えばまったく馬鹿馬鹿しい」

めちゃくちゃ早口だな。

まあいいや、准将やみんなと一緒ならどこへでも行く。

「准将閣下にお仕えすることが小官の望みであります。それさえ叶《かな》えられるのでしたら、いかようにでもお使いください」

「肝の据わった男だな。なるほど、ジヒトベルグの若君が惚《ほ》れ込む訳だ。よかろう。では第四師団に転属し、メディレン家を支えてくれ」

「はっ！」

メディレン家は准将の実家だからな。できる限り力になろう。

×　×　×

俺たちはメディレン家の庇護《ひご》下に置かれることになったが、旅装を解いてパッジェで休息している間に妙な雲行きになってきた。

皇帝の使者が来たのだ。

それも俺のところに。

「皇帝陛下から直々の招聘《しょうへい》です。それも近衛《このえ》師団への転属ではなく、帝室侍従武官です。国家規模の戦略について皇帝陛下に助言する立場ですぞ。御存じでしょうが待遇は将軍と同格です」

使者を務める貴族階級の紋章官は「どうだ嬉しいだろう」と言わんばかりの表情で俺を見ていた。

確かに嬉しいし、昔の俺なら喜んで拝命していただろう。なんせ侍従武官は兵を率いて戦場に行く必要がない。

　皇帝に直接会って物を言う立場なので身分も相応に高くなり、儀礼上は将軍たちと同格の扱いを受ける。

　平民としては最高の地位だろう。

　だから俺は紋章官に丁重に返事した。

「大変光栄なことです。しかし小官は第四師団への転属が内定しております。お引き受けしかねます」

「第四師団……？」

　紋章官が首を傾《かし》げる。

「皇帝陛下は貴官を高く評価しておいでです。それを無下にして第四師団にいらっしゃるというのですかな？」

「小官はそのような器ではありません。どうか御容赦を」

　丁重かつ断固としてお断りさせていただく。俺はアルツァー准将と一緒に仕事がしたいんだ。他国への無謀な侵攻なんてクソみたいな仕事ではなく、もう少しマシな仕事を。

　紋章官は渋い表情で俺をじっと見つめる。

「これは勅命です。勅命に従えぬのなら、本当の辞退理由をお伺いせねばなりますまい」

　俺は軽く笑う。

「お答えすれば不敬罪に問われましょう」

　ますます渋い表情になる紋章官。

彼とてバカではない。帝室の使者を任される程度には信任されている人物だ。

俺が皇帝に対して畏敬の念を持っておらず、帝室侍従武官という役職に魅力を感じていないのはとっくに理解している。

紋章官はしばらく黙っていたが、最後に大きく溜息《ためいき》をついた。

「えー……では建前でよろしい。差し障りのない理由を頂戴したく」

「承知しました。アルツァー准将に恩義を感じており、この難局を切り抜けるまでお支えせねば武人の誇りに傷がつきます。まあ難局を切り抜ける頃には帝国は滅びているでしょうが」

紋章官は額に手を当てて嘆息する。

「最後のは聞いておりませんので、前半だけお伝えしておきます。余計なお世話でしょうが貴官は正直すぎる」

「同感です。准将閣下に見いだされるまでずっと少尉のままだったのも、たぶんそういうことなのでしょう」

俺が笑うと紋章官も苦笑した。

「やれやれ、正直すぎて憎めない御仁だ。陛下が何と仰《おっしゃ》るかはわかりませんが、個人的に御武運をお祈りしております。帝国が滅びたときにはこちらで雇ってください」

「ありがとうございます。その旨、メディレン公にお伝えしておきます」

なんだこの会話。

だがこの様子からすると、帝室直属の紋章官ぐらいになると帝国滅亡の不安を感じているのだろう。

外交官として多くの機密情報を握っているからだ。

やはり帝国は危ういか。だとしたら次の手を考えないとな。

俺は帰りかけている紋章官に声をかける。

「では今後のことを踏まえた上で、少しお願いがあるのですが」

「おや、なんなりと」

第81話　必至の皇帝

「勅命を蹴ったと申すか」

シュワイデル帝国皇帝ペルデン三世は理解できないといった様子でつぶやいた。

「ありえぬ。帝室侍従武官にしてやると確かに伝えたのであろうな？」

紋章官は深々と頭を垂れる。

「間違いなく伝えております。かの者、アルツァー准将にひとかたならぬ恩義を感じており、その恩義に報いるまでは離れられぬと申しておりまして」

「うむ、忠義の者よな。そう申されては無理強いもしづらい」

ペルデン三世は腕組みし、ソファに腰掛ける。

「しかし帝都ロッツメルの近くまでブルージュの軍勢が迫っておるのだ。帝国軍人ならば馳《は》せ参《さん》じるのが当然であろう？」

「ははっ、まことに畏れ多いことで」

何がどうとは言わないのが宮廷で長生きする秘訣《ひけつ》だ。紋章官はよく心得ている。

一方、ペルデン三世は苛《いら》ついた様子で首を振っていた。

「ええい、もうよい。知恵を貸さぬ参謀には頼らぬ。近衛《このえ》師団を帝都防衛に召集せよ」

「近衛師団の主力は国境地帯の警備に就いているはずですが……。まさか呼び戻すのでございますか？」

「そんなことはわかっておる。わかっておるが、その……ううむ、五王家にも援軍を要請せよ。リトレイユ家はどうした？」

「リトレイユ家と第五師団は、アガン軍の南下を食い止めるために臨戦態勢でございます。むしろ援軍を要請されているのはこちらでして」

紋章官の言葉にペルデン三世は拳を振り回す。

「では、ではメディレン家だ。第四師団を呼べ」

「第四師団の主力は海軍でございますし、リトレイユ領を守るために出撃中です。陸軍の大半はアルツァー准将の第六特務旅団に編入されました」

「そうであったな……。ならば帝室を守る兵はどこにいる？」

紋章官は頭を垂れたまま答えた。

「どこにもおりませぬ。後はもう傭兵《ようへい》や農民兵を徴募するしか……」

「それで勝てると思うのか？」

「それがしは紋章官ゆえ、お答えしかねます」

ペルデン三世は「ふーっ」と荒く息を吐くと、紋章官に告げた。

「もうよい、下がれ」

「ははっ」

恭しく一礼して紋章官が下がり、ペルデン三世は一人になる。

「どうすれば良いのだ……」

彼の机上には、近衛師団参謀本部からの具申書と門閥貴族たちからの陳情書が積み上げられていた。

参謀本部からは一時避難の具申。

「帝都は包囲される恐れがあり、帝都城壁は発達した火砲に対して脆弱《ぜいじゃく》であるため危険。帝都防衛は近衛師団に任せ、陛下は他家と連携を取りやすい東部で外交と内政を執り行うのが最善」という分析が添えられている。

一方、門閥貴族たちからは「我々を見捨てないでほしい。『帝冠は帝都に』が我が国の大原則であり、皇帝が帝都から離れれば我々は命を懸けて戦えない」という陳情。

帝都ロッツメルに拠点を構える豪商やフィルニア教ロッツメル教区大神官など、貴族以外からも同様の嘆願が届いている。

いずれも一理あり、ペルデン三世には判断がつきかねていた。

廷臣たちの間でも立場や考え方の違いから意見が分かれている。

「どうすれば良いのだ……」

決められない皇帝はソファにもたれかかり、やがてうとうとと居眠りをし始めた。

「軍人としての訓練を受けていない皇帝なんかいてもいなくても変わりませんので、帝都にいない方が楽ですね。身辺警護が面倒ですし」

俺はそう答えつつコーヒーを飲む。

「ただ政治的には皇帝の避難は大きな意味を持ちますし、軍の士気にも影響するでしょう。まあ大事なのは帝室の存続であって皇帝の命ではありませんから、陛下には帝都で死ぬ覚悟を決めてもらい、皇太子殿下を東部に避難させるのがリスク分散になると思いますよ」

「お前は皇帝の命が大事ではないのか」

アルツァー准将は呆《あき》れ顔《がお》で激甘コーヒーを飲み、それから苦笑した。

「だが面白い。もっと話を聞かせてくれ」

「もちろん皇帝陛下にも一人の人間として幸福を追求して頂きたくはあるのですが、逃げたいのなら譲位してからですね。皇帝が逃げたら士気が下がり、門閥領主たちが降伏してしまいます。この国では帝冠は動かせません」

俺たちの机の上にはシュワイデル版将棋である「五王棋」の盤が置かれている。駒も配置されていた。五王棋マニアのハンナが用意してくれた盤面だ。よく知らないけど歴史的な対局の再現らしい。かっこいいな。よく知らないけど。

「この盤面と同じです。『皇帝』の駒がここから一歩でも動くと、護衛する『近衛』や『門』との連携が断たれて自陣が崩壊します。逃亡が破滅につながるんですよ」

　俺はコーヒーを飲み、それから溜息《ためいき》をつく。

「俺たちが逃避行をしている間、帝都では政治的な動きが何もありませんでした。信じられません。あの皇帝はアホです」

「おい、不敬参謀」

　准将が笑いながら俺の額をツンとつつく。大変だ、鉄拳制裁されてしまった。

　もっとしてくれ。

　俺は笑いながら続ける。

「ブルージュ公が新しい国境に沿って軍を展開したとき、すぐに皇太子や重臣を東部に派遣して統治システムを構築させるべきでした。非常時ですから簡単な指揮系統で構いません。東部にあることが重要です」

「ふむ」

「その後で皇太子に譲位し、『帝冠は帝都に』の原則に従って新帝を帝都に呼び戻してもいいんです。自分は先帝として東部に移り、皇太子が構築したシステムを使って政治を続ければいい。誰からも文句は出ません。ただ皇太子殿下が気の毒ですから、個人的には父親が在位して帝都に残れと思いますね」

「確かに合理的な案だ。時間はかかるが、その猶予はあった。しかし今はもうない……と。そういうことだな？」

「その通りです。こうすれば帝都が陥落しても東部の政治機能で戦い続けられますから、ブルージュ公も無理はせずに外交決着を図ったかもしれません。もう手遅れですが」

策なら他にもあった。ミルドール家などの外交ルートを通じて交渉を始めても良かったし、同じ安息派のエオベニア王国に支援を求める選択肢もあった。

だが誰も何も提案しなかった。皇帝に決断力も指導力もなく、彼がすぐに責任を発案者に押しつけるからだ。責任を取らない最高責任者なんか役に立たない。

「正直、あの爺《じい》さんにしてやられましたよ。山岳地帯で逃げ回ってる間にこんなに状況が悪化してるとは思いませんでした」

あのとき帝都方面に脱出できていたら、皇帝に拝謁して今の案を具申できていた。もちろん俺たちはそのまま東に逃げるが、策ならいくらでも考えてやる。

「俺は参謀としては三流です。目の前の戦いにはどうにか勝てますが、いつも知らないところで負けています」

「それは将軍たちの仕事だからな。少佐のお前が悩むことではない。気にするな」

直属上官が気にするなと言っているので、俺は気にするのをやめる。

『皇帝』の駒を指でつつきながら俺は言った。

「この盤面はもはやひっくり返せません。あと数手で詰みます」

准将はフッと笑う。

「では次の対局を用意せねばな。駒と違い、私たちの人生は続く」

「そうです。俺たちは人生を続けねばなりません」

「そうだな！」

准将が力強くうなずいたので、俺も同じぐらい力強くうなずき返す。

「旅団の皆の人生のために策を尽くしましょう」

「……そうだな」

急に渋い顔になった准将が、ズズッと音を立ててコーヒーを飲んだ。

なんなのもう。

第82話 帝冠は帝都に

今日も皇帝の下に報告が入る。

「陛下、ミルドール領と帝室直轄領の境界にてブルージュ軍の活動が活発になっております。参謀本部の分析では大規模な攻勢の準備中ではないかと」

「ミルドール公はそれを看過しておるのか。帝室直轄領は帝国の聖域であるぞ。なんと嘆かわしい」

側近たちは無言だ。

誰も「ミルドール公はブルージュ公と手を組んだんだから、看過どころか援助してるんじゃないですかね？」などとは言わない。

この皇帝はそういう類の助言を好まない。

「やはりミルドール公とジヒトベルグ公に親書を送り、翻意を促すしかあるまい。両名とも五王家の一員、本心では帝国への思慕の念があろう。両公が戻ればブルージュなど恐れるに足りぬ」

すると帝室侍従武官がやんわりと制した。彼は退役した老将軍だ。

「お言葉ですが陛下、それだけはおやめください。陛下のお言葉は両公の心に慈雨のごとく染み渡りましょうが、もはや両公の意志ひとつでは旗幟《きし》を動かせぬのです」

「しかし彼らの意志なくしては帝国はあるべき姿を取り戻せぬ」

「それは……」

皇帝に直言できる侍従武官といえども、その先は言えなかった。

――皇帝ペルデン三世が在位している限り、彼らが戻ってくることは決してない。

その代わりに侍従武官は奏上する。

「物事には手順がございます。まずは近衛《このえ》師団がブルージュ軍を撃退できるよう、惜しみない助力をなさいませ」

「そうであったな。帝室の財産にて戦費を調達いたせ。兵糧や弾薬など不足のものがないか、近衛師団本部に聞いて参れ。前線に送り届けるのだ」

「陛下の御深慮に感服いたしました。ただちに手配いたしましょう」

心なしかホッとした表情になり、侍従武官は恭しく一礼した。

数日後、次の報告が入る。

「帝室直轄領の要塞が攻撃を受けております。前線への輸送で兵が手薄になっている隙を狙われました」

「死守せよ。何としても守り抜くのだ。敗北は許されぬ」

厳かな、指示のようで指示ではない発言。

だが将校たちは何も言わない。この皇帝に戦争指揮能力があるとは誰も思っていないからだ。

さらに次の報告。

「要塞と兵糧弾薬を敵に奪取されました。防衛線を後方の要塞まで後退させます」

「ならぬ。すぐに奪い返せ」

「承知いたしました。最善を尽くします」

退出した将校が廊下で深い溜息《ためいき》をついていたことに、皇帝は気づかなかった。

そして次の報告。

「帝室直轄領の門閥領主たちが救援を求めております。領地がブルージュ軍に脅かされているそうです」

「近衛師団はどうなっておる？」

「ブルージュ軍は火砲を巧みに操り、我が軍は防戦一方にございます。割ける兵はございませぬ」

「ではそのように伝えよ」

このとき皇帝は、独立した砲兵科すら持たないブルージュ軍が巧みに火砲を操っている不自然さに気づかなかった。

もし気づいていれば正しい選択肢を選べたかもしれない。

しかし歴史に「もし」はない。

また次の報告。

「帝室領を預かる門閥領主たちが次々にブルージュ側に寝返っている模様です」

「なんという恩知らずだ。この戦が終わり次第、処罰を下さねばなるまい。それよりもブルージュ軍はまだ撃退できぬのか」

「前線では将軍たちが最善を尽くして奮闘しております」

「うむ、よい」

報告。

「陛下、ブルージュ軍は帝都ロッツメルまでわずか半日の距離に迫っております。もはやここは危険です。どうかお逃げください」

「それはできぬ。『帝冠は帝都に』が帝室の伝統である。早く敵を撃退せよ」

「御意……」

「無論、余も座視はせぬ。ミルドール公とジヒトベルグ公に親書を送ろう」

「前線に向かわれた侍従武官殿が、それだけはおやめくださいと重ねて申しておりましたが……」

「捨てておけ。侍従武官が余を使うのではない。余が侍従武官を使うのだ。帝国は五王家が共に力を合わせるのが正しい姿である。余の説得があれば二人とも必ずや正道に立ち返るはずだ」

そして次。

「昨日より軍からの報告が途絶えておるな。戦況はどうなっておる」

するると侍従長が申し出る。

「帝都の将校たちの大半が欠員補充で前線に出払っておりまして、なかなか報告が参りません。おそらくかなり苦戦しているのではないかと……」

「我が近衛師団は精強にして忠実な、帝国最強の師団ではないのか？」

「もちろんにございます。しかし敵がそれ以上に強ければ敗れます」

「侵略者に敗れるような我が近衛師団ではないはずだ。他家の援軍は来ぬか？」

「リトレイユ家はアガン軍との交戦中ですし、メディレン家は流血海で航路を守っております。どちらも援軍の余裕はございませぬ」

「承知しておる。ミルドール家とジヒトベルグ家はどうなのだ？　翻意して戻ってはこぬか？」

「それは……」

そこに新たな「報告」が、足音高く駆け込んでくる。

「申し上げます！　南西より帝都に接近する軍勢が確認されました！　軍旗はジヒトベルグ家です！」

「おお、来たか！」

皇帝は立ち上がる。

「すぐに使者を送れ！　余は貴公を待ち望んでおったとな！」

「は？　……ははっ！」

すぐに使者が帝都を発《た》つ。

このとき、皇帝の周囲には上級将校が一人も残っていなかった。

経験豊富な侍従武官たちも与力として前線の近衛師団に出向しており、帝都には近衛師団の尉官が連絡将校としてわずかに残されているだけだった。帝室門閥の下流に属する彼らに発言力はほとんどない。

使者が戻ってくる。

「ジヒトベルグ公より返事を頂戴してきました。『我、ただ正義を行うのみ』とのことです！」

「そうか、うむ。正義を行うとな。では安泰だ」

軍事とは無縁の侍従長が、恐る恐る皇帝に問う。

「近衛師団や他家に救援を要請しますか？」

「必要あるまい。この帝冠ある限り、帝都は守られる」

翌日には帝都のすぐ近くにジヒトベルグ公の軍勢が現れた。かつては第二師団だった部隊だ。

「ようやく『人差し指』が帰参したか。これまでの離反は赦《ゆる》そう」

城壁の櫓《やぐら》から満足げにうなずいた皇帝だったが、近衛師団の新米少尉は青い顔をしている。

「陛下、何か変です。キオニス遠征によって壊滅的な損害を受けた第二師団に、あれほどの兵力があるとは思えません」

「それこそがジヒトベルグ公の誠意と能力の表れだ。そなたはまだ若いゆえ、そういった機微がわからぬのであろう」

皇帝は自分の命じたキオニス遠征の話題を意図的に避けた。

「それよりも城門を開けて軍勢を迎え入れよ」

「お待ちください、陛下！　軍勢の動きが妙です！　行軍隊形から包囲隊形に展開しています！」

少尉の言葉通り、ジヒトベルグ軍は帝都ロッツメルを半包囲する形で布陣を始めた。

皇帝も初歩的な軍学は修めており、その陣形の意味するところはすぐに理解する。

「なんということだ!?　おのれジヒトベルグ！　正義を行うという言葉は嘘《うそ》だったのか！」

その場にいる全員が無言だ。

（ジヒトベルグ公は「正義を行う」としか言ってないんだよなあ）

（彼にとって陛下は親の仇《かたき》も同然だからな。キオニス遠征で先代が死んだのは、陛下の命令が原因だ。親の仇討ちは正義だろ）

（あーあ、ハズレクジ引いた……）

侍従や将校たちが何となく顔を見合わせている間、皇帝は絶望の表情で天を仰いでいた。

「正義は！　正義はいずこにあるのか！」

醒《さ》めた目でチラチラと目くばせする側近たち。

（少なくともここにはねえよ）

（ダメだこりゃ。ジヒトベルグ軍に投降するか……）

（そうだな。当代当主は穏和な人物らしいし、同じ安息派だから悪いようにはしないだろ）

彼らは一刻も早くこの場を立ち去りたくて、なんとか退出する理由を探している。

その間、暗黙のやり取りは続く。

（いや待て、包囲される前に逃げるのも手だぞ）

（そうだな。口頭で命令を受領したことにして、どさくさ紛れに逃げるか）

（逃げるとしたら東だな。リトレイユ領かメディレン領か）

（そんなもんメディレン領一択だろ？　あそこには「死神クロムベルツ」がいる）

（昇進して今は少佐だったよな。何とかしてくれそうだな）

やがて帝都を包囲するように大砲が並べられる。狙いは脆弱《ぜいじゃく》な城壁だ。近衛師団の参謀たちの意見書通りだった。

しかしその後の展開は、意見書通りにはならなかった。
最初の砲弾が城壁を叩《たた》き壊すよりも早く、帝都の城門が開いてしまったからだ。
皇帝の最初の命令がそのまま実行されてしまったのか。それとも内通者がいたのか。
誰が開いたのか。
誰も知らない。

×

×

×

第83話 復讐者《ふくしゅうしゃ》

こうして帝都ロッツメルはジヒトベルグ軍によって占領された。シュワイデル人同士による泥沼の市街戦を避けたい両軍の思惑が一致し、最低限の兵しか残されていなかった帝国軍は無血降伏する。

そしてジヒトベルグ公は与力のミルドール公弟と共に宮殿に入り、帝都の支配者となったことを公式に宣言した。

ミルドール公弟がジヒトベルグ公に問いかける。

「お疲れ様でした。ところで国境地帯の様子はどうですかな?」

「ブルージュ軍と近衛《このえ》師団が睨《にら》み合っているそうです。近衛師団の後方連絡線は我が軍が遮断していますので、近衛師団は補給も逃走もできません。停戦を命じる偽の勅書を送りました」

皇帝の命令書である勅書を偽造すれば死罪は免れないのだが、ジヒトベルグ公は平然としている。

ミルドール公弟は息子を見るようなまなざしで微笑《ほほえ》んだ。

「良いお手並みです。その玉座に相応《ふさわ》しい」

そのとき、ジヒトベルグ軍の将校がやってくる。

「御前、皇帝陛下をお連れしました」

「お通ししろ。丁重にな」

「ははっ」

すぐに皇帝ペルデン三世が連れてこられる。前後左右をジヒトベルグ軍の屈強な兵に囲まれ、その顔色は真っ青だ。

ジヒトベルグ公はさすがに気の毒になり、立ち上がって皇帝に声をかけた。

「陛下、お久しゅうございますな」

玉座の前に立つジヒトベルグ公を見たペルデン三世は、怒りで頬を赤くした。しかしその怒りは一瞬で消え去り、気の抜けたような声で応じる。

「ジヒトベルグよ……」

「無用の流血を避け、和睦に応じてくださったことに感謝します」

実際は勝手に城門を開かれて何もできずに捕虜になったのだが、ジヒトベルグ公は敢《あ》えて「和睦」という言葉を選んだ。見限ったとはいえ、帝国の支配者に対する配慮だ。

さすがにペルデン三世もそれがわからないほど暗愚ではない。深々と溜息《ためいき》をつき、うなだれる。

「そのような情けをかけるでない。余をどうするつもりだ。殺すのか」

「和睦ですぞ。このまま帝都にお住まいください。ただし宮殿より出ることは叶《かな》いませぬ」

待遇はともかく、実質的には捕虜だ。

「ジヒトベルグよ、これは大逆罪であるぞ。かような非道、フィルニアの神がお許しにならぬ。無論、心ある者たちも許さぬだろう。領主たちとて受け入れはすまい」

「そうかもしれませんが、それはもはや陛下には関係のないことです。どうかお心安らかに日々をお過ごしください。後日、ブルージュ公に拝謁して頂きます。勝者への敬意をお忘れになりませぬよう」

すっかり意気消沈していたペルデン三世だったが、この言葉にはカッと目を見開いた。

「ブルージュだと!? 帝国を裏切った血筋ではないか！ 裏切り者の末裔《まつえい》に下げる頭は持ち合わせておらぬ！」

「ですが陛下は敗軍の将にあらせられます。それともまだ、戦い続けるおつもりですか？」

ジヒトベルグ公は剣を抜き放つと、陽光に輝く白刃をペルデン三世の足下に放った。

広間に硬く冷たい音が響き渡る。

「ならばそれをお取りください。陛下は帝国に並びなき誉れ高い騎士。戦意をお持ちならば、不束《ふつつか》ながら私めが一騎討ちのお相手を仕《つかまつ》ります」

ジヒトベルグ家の歴代当主は武芸に通じた強者揃《つわものぞろ》いで知られる。キオニスの勇猛な遊牧民族たちと戦うには、当主自らの勇猛さが欠かせないからだ。

それを知っているペルデン三世は剣を拾おうとはしなかった。彼も古今の剣術を伝授された使い手ではあるが、年齢と修練の差を考えると勝ち目は乏しい。

「な、なんと無法な……」

怯《おび》えた様子の皇帝を見て、ジヒトベルグ公は明らかに失望した表情で軽く手を払った。

「もはや話すこともありますまい。お連れしろ」

両脇を衛兵に支えられたペルデン三世は慌てて叫ぶ。

「ま、待つのだ！ 五王家は結束して外敵に立ち向かうのが帝国の正道ではなかったか？ 高祖たちのロッツメルの誓いを忘れたか？ かような暴虐、我らの高祖たちが聞けば嘆き悲しもう！」

声は遠ざかり、やがて聞こえなくなった。

ミルドール公弟がサーベルの柄《つか》から手を放し、溜息をついてからジヒトベルグ公に声をかけた。

「無茶をなさる。本当に一騎討ちが始まったらどうしようかとヒヤヒヤしましたよ。そういうところは父君にそっくりだ」

冗談交じりの言葉にジヒトベルグ公は力なく微笑む。

「父の無念を晴らす正義の復讐だと思っても、やはり罪悪感が消せぬのです。五王家の伝統と帝国の歴史を考えれば、『正しい』のは陛下の方ですから」

「正しさだけで世の中が回れば誰も苦労はしません。それに一騎討ちで陛下を討ち奉ったところで、今さら正当性が得られる訳でもありますまい」

ミルドール公弟はそう言って苦笑し、若き君主の肩に手を置いた。

「気を強くお持ちなさい。帝国領を転生派から守るためには、安息派の庇護《ひご》者たる我々が国を支えるしかないのです」

「簒奪《さんだつ》者の言い分ですな」

「ええ、その通りです」

ミルドール公弟は平然とうなずく。

「我らの先祖も簒奪によって帝国を建設しました。気にする必要はありません」

「それぐらいの図太さは必要でしょうな。では気に病むのはやめましょう」

ジヒトベルグ公は微笑み、それから玉座を下りて床の剣を拾った。

鍛え抜かれた業物を見つめつつ、ジヒトベルグ公はつぶやく。

「ここを死に場所に選ばなかったことを、いつか後悔なさらねば良いのだが」

×　×　×

それから数日間、皇帝ペルデン三世は宮殿の一室に幽閉されていた。

普段使っている広々とした私室ではなく、見知らぬ部屋だ。おそらくは来賓用の客室だろうが、ペルデン三世が訪れたことはない。

廊下にも窓の外にもジヒトベルグ家の兵が大勢いて、とてもではないが抜け出せそうになかった。

ペルデン三世は苦悩の表情で立ち尽くす。

(ブルージュ公に屈服しては帝室の伝統と威信が……どうすればよいのだ……)

ブルージュ家はかつての『帝室と五王家』だった時代に、五王家の一員だった家門だ。当然、家格としては帝室よりも下とみなされている。

元は『五王家』だから由緒正しい王家のひとつなのだが、必要以上に帝国を刺激しないように敢えて公国を名乗っている。

そのブルージュ公に皇帝が敗者として跪《ひざまず》いたとあれば、周辺国は帝国の衰退をはっきりと意識するだろう。

実際にはとっくに意識されているのだが、ペルデン三世の国際感覚はあまり鋭敏ではなかった。幼少期から帝国が旧領を回復し君臨する「正しい世界」を教えられてきた彼は、それ以外の世界を認められない。

その偉大な帝国の皇帝が捕虜になり、裏切り者の末裔に頭を垂れる日が来てしまう。

それはペルデン三世の思い描く「正しい世界」からは最も遠い光景だった。絶対に許容できない。

（かくなる上は自害してでも帝室の尊厳を守るしかあるまい）

結論は出ているのだが決心がつかず、豪奢《ごうしゃ》な内装の部屋をうろうろと歩き回る皇帝。

するとドアが解錠される微《かす》かな音が聞こえ、ノックもなく何者かが室内に侵入してきた。

ジヒトベルグ軍の老将校だ。大尉の階級章をつけており、軍用のブリーフケースを持っていた。

「何者だ。無礼であろう」

恐怖心を押し隠して精一杯の威厳を見せつけると、老大尉は静かに一礼した。

「お静かに、陛下。クロムベルツ少佐の命で参上しました」

大尉の言葉には微かな平民訛《なま》りがあったが、皇帝は気にしなかった。この年齢で大尉なら平民将校でもおかしくはない。それにクロムベルツ少佐は平民出身だ。部下は平民ばかりだろう。辻褄《つじつま》は合う。

老大尉はブリーフケースからジヒトベルグ軍の制服を取り出す。歩兵のものだ。

「急いでこれにお着替えください。小官の部下に紛れて脱出していただきます」

「クロムベルツの策か？」

「はい。本日中にも陛下の身柄はブルージュ領に移送されてしまいます。詳しい話は道中で」

他国で虜囚になってしまえば皇帝としては終わったも同然だ。ペルデン三世はすぐにうなずく。

「忠勇なる者よ、今は貴官を信じるしかあるまい。すぐに脱出しよう」

「恐れ入ります。指輪なども全てお外しください。身元が割れます」

「うむ、道理であるな」

廊下には老大尉の部下らしい兵が数名おり、それに紛れて皇帝は宮殿を脱出する。

兵士のふりをするのは初めてだったが、軍人の所作の原点である貴族の礼儀作法を身に付けた皇帝にとっては簡単なことだった。教育だけは誰よりも受けている。

巡回に出る分隊に紛れて城門をくぐると、帝都の路地裏で再び着替えを要求される。

「ここからは軍服は逆に目立ちます。平民の衣服にお着替えを」

「う、うむ。捲土重来《けんどちょうらい》のためには仕方あるまい」

「今は御辛抱ください。馬車を御用意いたしておりますので」

老大尉たちも平民の薄汚れた服に着替える。

「ブルージュの侵略に怯えて帝都を脱出した平民が多数おりますので、その中に紛れます。検問などは小官が受け答えをしますので、陛下は体調が悪いふりをなさってください」

「承知した。貴官に任せよう」

夕暮れの雑踏の中から一台の馬車が近づいてきた。旅人を乗せる街道馬車だ。

「さ、今のうちに」

「さすがはクロムベルツよ。見事な手際だ」

馬車は帝都を出て、夜通し走り続けた。固い板の座席は不快だったが、すっかり疲れていた皇帝は座ったまま眠りこける。

やがて不意に馬車が停《と》まった。

「着きましたぞ。お降りください、陛下」

「ん？」

夜明けの薄明かりの中、皇帝は馬車から降りる。

だがここは鬱蒼《うっそう》とした森の中だ。空は明るくなっていたが、森の中はまだ暗い。

「ここはどこか？」

「ここがどこになるかは、そりゃあんた次第さ」

老大尉は着剣した歩兵銃を持っていた。同乗の護衛たちも同様に銃を手にしている。

不穏な気配を感じ取り、ペルデン三世は身構えた。

「狼藉者《ろうぜきもの》め、余を殺すつもりか！」

「おいおい勘違いすんなよ。殺すつもりなら馬車の中で済ませてる」

老大尉は笑う。

「俺はユイナー・クロムベルツの相棒さ。そこは嘘《うそ》じゃねえ。ただし『元』がつく。今はあるお偉いさんに雇われてな。最初はあんたに毒を飲ませるように依頼された。苦痛もなく眠るように死ねる薬なんだとさ」

銃を構えたまま、老大尉は楽しそうにそう言った。

「だが俺は殺し屋じゃねえ。戦う気のない人間を殺すのは流儀に反する。そこは雇い主にも承知させた。だからあんたを殺さずに生かしておいてやれるのさ。狼藉者どころか命の恩人だぜ？」

「殺さぬというのか……？」

「どのみち皇帝としてはもう終わりだからな。今のあんたは身元を証明するものを何も持っちゃいない。こんな場所で出会う人間に『我こそは皇帝なるぞ』なんて言っても信じちゃくれねえよ。皇帝の顔なんか誰も知らないんだからな。なんだっけな、『皇太子と物乞い』だったか……まあ、そういう物語があるんだとよ」

老大尉は苦笑しつつ、皇帝の足元に何かをドサリと放り投げた。

「そいつはあんたの兵隊たちが使ってる背嚢《はいのう》だ。中には毛布と着替え、それに食糧と水が入ってる。弾薬もな。ほれ、こいつも持っていけ」

銃剣つきの歩兵銃がガシャリと転がされる。よく見ると火皿に火薬が入っていない。まだ撃てない状態だ。

「これだけありゃキオニスからでも帰ってこられるさ。あんたの兵隊が証明してる」

「なんと無礼な！　このような暴挙、神が許さぬぞ！」

「あんたが捕虜になるのを黙って見てた神様が？　そりゃ面白い冗談だ。ブルージュの宮廷道化師にしてもらえ」

老大尉は笑っていたが、目は全く笑っていなかった。

「第七次ブルージュ遠征を覚えてるか？　皇太子時代のあんたが言い出した無謀な遠征だ。兵隊の間じゃ『雪だるま戦争』って呼ばれてるヤツさ。折り重なった死体が雪に埋もれて、そこらじゅうで雪だるまみたいになってやがった」

ペルデン三世にとっては苦い過去のひとつであり、帝国にとっても最後のブルージュ遠征となった戦いだ。この大敗によって、帝国旧領であるブルージュ地方の回復は完全に放棄された。

「そ、それが何だというのだ」

「俺はそのとき雪だるまになりそこねた敗残兵の一人でな。兵糧の手配すらせずに真冬の山奥へ進軍を命じたあんたなら、早春の森ぐらい軽いもんだろ」

「元兵士が最高司令官たる皇帝にこのような仕打ちをするのか！」

「そうとも、同じ目に遭わせてやる。『巌窟王《がんくつおう》』の復讐ってヤツさ。どこの誰だか知らないが、まったく粋な復讐を考えるヤツもいるもんだよ」

老大尉はそう言って馬車に乗り込むと、帽子を脱いで恭しく一礼した。

「見知らぬ森で平民の暮らしを楽しみな。すぐ近くにゃ廃れた山小屋もある。どうにでもなるさ。だが『山親父《やまおやじ》』にはそんな態度を取らない方がいいぜ」

「誰のことだ？」

皇帝の問いに答える者はおらず、馬車は猛スピードで走り去る。

たった一人で見知らぬ森に取り残された皇帝。

しばらく茫然《ぼうぜん》とした後、気を取り直して銃に装弾する。銃を扱う動作は手慣れており、暗がりの中でも無駄がない。王侯の嗜《たしな》みとして御料林での鹿撃ちや鳥撃ちは行っていた。野外活動にも多少の心得はある。

ただ単独行は初めての経験だ。

「無礼千万な下郎め。これしきで余を葬ったと侮るでないわ」

怒りと屈辱は大きかったが、それよりも今は生き延びることを考えなくてはいけない。皇帝は歩き出す。

すぐにボロボロの丸太小屋を見つけたが、彼はそれを無視した。

「あれこそが罠《わな》であろう。余は騙《だま》されぬぞ」

さらに森の中をうろつくと、大岩の下に手頃な穴を見つけた。中腰で入れる大きさで、中は乾燥していて快適そうだ。

「やはり神は正統なる皇帝を見放さぬわ。日が差せば方角がわかる。まっすぐ東に行けば良いのだ。余にはまだメディレン公とリトレイユ公がいる。クロムベルツの策略があれば巻き返すことも容易であろう。見ておれ、復讐するのは余の方だ」

自分に言い聞かせるようにつぶやきながら、皇帝は横穴に入っていく。

ここが『山親父』の越冬用の巣穴だとは知らずに。

その後、ペルデン三世の姿を見た者はいない。

第84話　嵐の航海士

その日、俺たちはメディレン宗家の本拠地であるポルトリーテ市を訪れていた。小高い丘のある帝国最大の港町だ。

准将も一緒だが、もちろん観光ではない。メディレン公ハーフェンに呼ばれている。

丘の上の城館に到着すると秘密の会議室に案内され、すぐにメディレン公ハーフェンが現れた。今日もオシャレにバッチリと決めて、スタイリッシュな出《い》で立《た》ちだ。

准将といい、ここの家系は顔立ちが整ってるよな。

たぶん代々当主が美人ばっかり選んで美形遺伝子を溜《た》め込んできたんだろうな……などと失礼なことを考えていると、メディレン公がアルツァー准将に挨拶した。

「叔母上、それにクロムベルツ少佐。多忙なところを宗家まで足労願い、申し訳ない」

「いえ、ハーフェン殿。これもメディレン家の一員の務めです」

准将がそう言い、それから俺を見てフッと笑った。

「もっとも私はついででしょう。ハーフェン殿が必要としているのは、私の参謀では？」

「ははは、その通りです。とはいえこの者は叔母上の腹心ですからな。いや、唯一無二のパートナーでした」

とたんに准将の顔が真っ赤になった。

「おたっ……お戯れが過ぎます」

「ん？　ですが以前に届いた手紙……」

「本題に入りましょう、ハーフェン殿！　ユイナー、もういいから始めてくれ。違った、クロムベルツ少佐だ」

準将が冷静さを失っている。こんなときこそ、唯一無二のパートナーとして俺が冷静にならなくては。

なぜかハーフェンがしきりに首をひねって不可解そうにしているので、俺は口を開く。

「本日は小官に御用とのことですが、いったいどのような御用件でしょうか？」

「ああ、そうだったな。なに、貴官にとってはちょっとした雑談に過ぎぬであろう。気楽に構えていてくれ」

メディレン公は笑いながら俺を見た。

あの目、笑ってはいるが何か企《たくら》んでいるな。

「転生者たるクロムベルツ少佐に聞きたいことがある」

ほらきた。

「貴官が転生者であることは、ほぼ疑う余地がない。行軍速度を至上とし、敵の予想を上回る速さで進軍と撤収を可能にする戦争計画。それに飛距離を数倍に伸ばす最新型マスケット銃」

メディレン公は頬杖《ほおづえ》をついてニヤリと笑う。

「これら全てを貴官が一人で思いついたのなら、紛れもなく有史以来の大天才であろう。転生者だと言われる方がよほど納得がいく」

そりゃそうだ。前世でも才能ある人々が、何世代にもわたって発展させてきたものだ。一人の人間が思いつける代物じゃない。

メディレン公は真顔になり、俺をじっと見つめた。

「転生者よ、教えてほしい。これから先、この世界はどうなる？　いや、もっと具体的に尋ねるべきか。まず銃と大砲はどうなるのだ？」

具体的な質問は助かるな。

「前装式のライフルマスケット銃は、やがて金属薬莢《やっきょう》による後装式へと変化します。数秒で装塡できます」

「ほう……」

「もっとも金属薬莢は非常に高度な技術を要します。今の技術力では実現は難しいでしょう」

雷管と金属薬莢が課題だ。無煙火薬も必要になる。

俺は化学も工学もまるでわからないので、この世界の専門家に改めて発明してもらうしかない。

「もし金属薬莢ができれば銃本体に複数の弾丸を装塡させられるようになり、これぐらいの速さで撃てます」

俺は机上をトトトンと叩《たた》いてみせた。

メディレン公の顔色が変わる。

「そのような銃を全ての歩兵が持つのか!?　では戦列歩兵など……」

「はい。もはや戦列歩兵など的に過ぎません。散兵の時代になります。我が旅団のライフル式マスケット銃ですら、現在の軍事教本を全て書き換えるだけの力があります」

今のマスケット銃はまともに撃ち合えるのが五十メートル程度だ。それ以上は当たらないし、威力の減衰も速い。だからこの距離で戦列を組む。

しかし二百メートル先の敵を殺せるようになると、二百メートルの間隔で撃ち合うようになる。

必殺の銃剣突撃も、この距離では歩兵の息が上がってしまう。重装備の歩兵は速く走れない。防御側は銃弾の再装塡が余裕で間に合う。

銃剣突撃そのものは廃れないだろうが、主要な決着手段ではなくなる。

というような説明もしておく。

メディレン公は真剣な表情だ。

「城塞の銃眼なども改良せねばならぬな。では砲がどうなるか知りたい。ライフル式の砲は可能なのか？」

メディレン家の第四師団は海軍だから、艦載砲が一番気になるだろうな。

俺は答える。

「はい、ライフル砲が存在します。飛距離も命中率も飛躍的に高まるでしょう。艦砲も例外ではありません」

メディレン公の顔がパッと明るくなった。

「おお、そうか！　では忌々しいアガン海軍の船を海底の記念碑にしてやれるな。……いや待て」

メディレン公は不審そうな目で俺を見る。

「貴官は言葉選びが極めて正確な男だ。その貴官が今、『高まるでしょう』と言ったな？」

「はい。小官はライフル砲には詳しくありません。滑腔砲《かっこうほう》が再び使われていると聞いています。新しい滑腔砲では砲弾が機械仕掛けの矢のようになっていて、射出後に矢羽を開いて正確に飛ぶのです」

実を言うと俺もよく知らないんだが、確か戦車砲がそうなっていると聞いたことがある。

メディレン公はとてもびっくりした様子で、ぽかんとした顔をしていた。想像できなかったのだろう。

「砲弾に……そのような仕掛けが？」

「はい。ただし小官は前世では軍人ではありませんでしたので、その機密を知ることはできませんでした」

こう言っておけばこれ以上詮索されないだろう。

メディレン公は非常に感銘を受けた様子で、しきりにうなずいている。

「なるほど……なるほどな。では船はどうなる？　貴官の世界では帆船《はんせん》は未《いま》だ現役か？」

「帆船は廃れました。次に来るのは鉄の装甲板を持つ蒸気船です」

「ジョウキセン？」

もしかしてこの会話、長くなる？

俺は蒸気機関の概念をメチャクチャおおまかに説明した。

「湯気の力で動く船です」

「ヤカンの蓋をカタカタさせる、あの力か？」

信じられないような顔をしているメディレン公に、俺は力強くうなずく。

「あの力です。わずかな薪《まき》では蓋を震わせる程度ですが、大量の石炭を燃やすことで猛烈な湯気を発生させ、歯車を回すことができます」

「う、うむ……。まあ信じよう」

信じてないだろ。なんだあの疑惑のまなざし。

じゃあもっと信じられない話をしてやろう。

「小官の時代では特殊な鉱物から熱を取り出し、やはり同じように歯車を回して、城ほどもある巨大な軍船で大海原を渡るようになります。その軍船には空飛ぶ機械が幾つも積まれており、その飛行機械は音よりも速く空を飛び、矢のような爆弾を放ちます。機械仕掛けの爆弾は地平線の彼方《かなた》まで敵を追尾し……」

「待て、私の理解を超える。疑った私が悪かったから、知識の洪水で溺れさせようとするな。そんな先の未来は私の息子たちに教えてくれ」

「これは失礼いたしました」

わかればいいんだよ、わかれば。

俺は原子力空母の説明はやめることにして、メディレン公に言う。

「これから兵器は恐ろしい勢いで進歩します。兵器を開発するにも運用するにも、高度な専門家が必要になります。資源も大量に必要です。さしあたっては石炭と鉄鉱石が国家の血となるでしょう」

メディレン公が渋い顔をしている。

「ずいぶんと金のかかる戦争になりそうだな……」

「御慧眼《ごけいがん》です。石炭と鉄の時代では、軍事力は国家の生産力や経済力で決まります」

「夢物語のようで全く夢がない話だ。だからこそ信ずるに値する」

そう言って苦笑すると、メディレン公はうなずいた。

「だがそれだけ軍船が進歩するのならば、海を制することにそれだけの価値があるという訳だ。そうだな？」

「仰せの通りです」

このおっさん、なかなか察しがいいな。

メディレン公はフッと笑う。

「よし、決めた。この機に乗じて沿岸部の帝室直轄領を支配下に置く。港の領主たちに庇護《ひご》を与えよう。それと石炭であったな。帝国の石炭は西の山脈より産出している。ジヒトベルグ公たちともいずれ和解せねばならんか」

この時代はまだ石炭があまり重視されていないが、帝国西部のシュワイデル山脈で大量に採れる。鉄鉱石もだ。

山脈を支配するジヒトベルグ家やミルドール家は、産業革命以降に莫大《ばくだい》な富を手にすることになる。

メディレン公はそんな未来を見据えているらしい。やはり利に敏《さと》い人物だ。

彼は俺をじっと見つめる。

「今の説明、嘘《うそ》偽りはなかろうな？」

「小官の前世の世界においては間違いありません。この世界も物理や化学の法則は同じようですし、帝国建国時から現在までの流れも小官の前世の世界に似ています」

「似ているか？」

「と言っても三百年ほど昔の話ですが」

「貴官、さりげなく私を未開人だと馬鹿にしておらんか？」

「とんでもない」

メディレン公はアルツァー准将の甥《おい》だけあって、ツッコミの入れ方が似ているな。

前世の方が三百年ほど進んでいるのは事実だが、文明を発展させたのは俺ではない。この三百年間を生きた大勢の人々の功績だ。俺には誇れるものが何もない。

「有史以前からの祖先たちが数多《あまた》の失敗と困難を乗り越えてきたからこそ、小官の前世があったのです。個々の時代の人々を軽侮するなどありえません。それはこの世界でも同じです」

俺の言葉にメディレン公は何か感じるものがあったようだ。ジト目で俺を見ていたのが、ハッと驚いたように目を見開く。

「なるほどな……。叔母上が見込んだのは、こういうところか」

どういうところ？

メディレン公は真剣な表情になる。

「貴官の実績と人柄は、それだけで重用するに値する。貴官の知識は船倉を満たす黄金よりも貴重だが、それだけに転生の秘密は守らねばならぬ」

メディレン公の庇護があるとはいえ、転生者だってバレたら異端審問だからな……。知識を伝えるにしても、うまいこと辻褄《つじつま》を合わせないと。

メディレン公は厳かに告げる。

「メディレンという名の船は、これより嵐の海を渡らねばならぬ。だが貴官の知恵があれば航海の無事は保障されよう。異界より来たる航海士よ。二度目の人生で嵐の海に挑む覚悟はあるか？」

そんなもん、とっくに覚悟は決まっている。

あの爺《じい》さんとコンビを組んだ日から。

「どこに生まれようが小官は小官です。嵐の海を越えねばならぬのなら、越えるまでです」

「良い気概だ。聞くまでもなかったな」

メディレン公は笑い、こう続けた。

「シュワイデル帝国は滅亡した。帝都ロッツメルが陥落し、皇帝陛下は虜囚となられたそうだ」

いくら何でも早くない？

第85話 激動する『世界』の始まり

――帝都ロッツメル陥落せり。

メディレン公ハーフェンとの会議直前に届いた急報によって、情勢の天秤《てんびん》は一気に危機へと傾いた。なんせ皇帝まで捕虜になったのだ。

メディレン公はフッと笑う。

「この情報は当家の密偵がもたらしたものだが、情報源は帝室紋章官ブレッヘン卿《きょう》だ」

誰だっけ？　あ、思い出した。

以前、俺に帝室侍従武官の話を持ってきた人だ。

紋章官は紋章学の専門家であり、同時に外交官でもある。紋章を識別して捕虜や戦死者の身元を保証でき、捕虜交換の使者も務めるからだ。

こういう人材とのコネは持っておくに限る。だからブレッヘン卿に話をもちかけた。

帝室が没落したときにはメディレン家で再び紋章官として召し抱えるので、メディレン家にも情報を流してほしい、と。

帝室の将来に不安を感じていた彼は快諾し、今も帝都近郊に留《とど》まって情勢をうかがってくれている。

メディレン公は続ける。

「それに近衛《このえ》師団や帝都の豪商、ロッツメル教区神官にも当家の協力者はいる。貴官が驚くような人物も協力者だ。協力者を保護せねばならぬので、誰かは明かせぬが」

予想はしていたことだが、やっぱり五王家はおっかないな。

「彼らの話を総合すると、帝室関係者か近衛師団に内通者がいたらしい。帝都包囲の混乱に乗じて軍の指揮系統に介入したようだ」

ジヒトベルグ公かミルドール公か、それともブルージュ公かはわからないが、「こういうとき」に備えて帝都に人員を配置していたらしい。

近衛師団は実戦経験こそ乏しいものの、装備・士気・練度・規律の全てが高水準だ。皇帝を守る軍隊が弱い訳はない。まともに戦えば激戦は避けられない。

そうなれば帝都は荒廃し、ジヒトベルグ公たち新支配者は帝都の有力者たちの支持を失う。

それを避けるため、ジヒトベルグ公たちは慎重に戦争計画を練っていたようだ。

なんとなくメディレン公が発言を求めているような顔をしているので、俺は小さく咳払《せきばら》いする。

「おそらく無傷で帝都を手に入れるため、謀略を巡らせたのでしょう。武力で帝都を攻略するとみせかけて、皇帝と帝都を無傷で手に入れたのです」

「貴官もそう思うか」

アルツァー准将も発言する。

「思えば我が旅団をブルージュの傭兵《ようへい》団が執拗《しつよう》に付け狙っていたのも、クロムベルツ少佐を帝都やジヒトベルグ公に近づけないためだったのでしょう」

あの爺《じい》さんは准将を捕虜にしたがっていたが、最後はやけにあっさり退《ひ》いた。

軍事には「必ず達成しなければならない」必成目標と「できれば達成しておきたい」望成目標があり、

准将捕縛は望成目標だったと考えれば納得がいく。

　メディレン公は深くうなずいた。

「ミンシアナの乱を阻止したクロムベルツ少佐が帝都に入れば、そのような企《たくら》みなど即座に露見してしまうであろうからな。またジヒトベルグ公の元に逃げ込めば、情に篤《あつ》いあの御曹司の心が揺らぎかねぬ」

　今ひとつ悪党になりきれない雰囲気があるんだよな、あの人。育ちの良さだろう。

　さて、そうなるとブルージュ公国の次の戦略がうっすら見えてきたな。俺は口を開く。

「ブルージュ公国は無傷で帝都ロッツメルを占領しました。近衛師団もブルージュの軍門に降《くだ》るでしょう。皇帝が捕虜になってしまっては戦えません」

　メディレン公は腕組みする。

「そうだ。皇帝が虜囚となり、帝室の権威は失墜した。だが帝室門閥貴族たちにとって、転生派のブルージュ公は受け入れがたい。ブルージュ家に忠誠を誓うぐらいなら、ジヒトベルグ家を序列一位と認め、門閥に入る方がまだマシであろうな」

　俺もそう思うが、懸念事項もある。

「手続き的にも心情的にも可能なのですか？」

　この辺りの心情は平民で異世界人の俺にはわからない。

　するとメディレン公は薄く笑った。

「なに、そんなものはどうとでもなる。どこの家も、家系図の上の方には不自然な空白があるものだ。そこに適当な名前を書き入れれば、シュワイデル門閥であった家系がジヒトベルグ門閥に早変わりする」

俺は思わず口走ってしまう。

「いいんですか、そんなので」

「良くはなかろうが、誰しも自分の代で領地と身分を失いたくはあるまい。そのぐらいは妥協の範疇《はんちゅう》だ」

するとアルツァー准将が口を開く。

「もともと政略結婚で実際に親戚関係になっていることも多いからな。一人の当主には二人の親がいて、四人の祖父母がおり、八人の曾祖父母がいる」

メディレン公も深くうなずいた。

「叔母上の言う通りだ。五代遡れば三十二人の先祖がいる。遡れば遡るほど先祖は増え、上流でつながりがあれば由緒正しい流れを汲《く》む者と言い張れる。門閥などと言ってもそんなものだ」

割といい加減なんだな。だが融通が利くのは良いことだ。

だからメディレン公は沿岸部の領主たちを取り込むつもりなんだな。あれこれ理屈をつけてメディレン家の血脈ということにしてしまい、傘下に収めてしまう気だ。

メディレン公は俺を見た。

「ということで当家も周辺領主の取り込みに腐心しておる。だがミンシアナの乱以降、復位したリトレイユ公との関係がぎこちなくてな……」

俺のせいじゃないよ？

「それでしたら、准将閣下のリコシェ秘書官が適任でしょう」

「ん？　ああ、ミンシアナ殿の影武者だったという者か。叔母上から話は聞いている。事実上の代理人であったそうだな」

リコシェはメディレン公にとっては末端も末端の人物だが、彼はちゃんと覚えていた。

「その者がどうした？」

「嫡男セリン殿はどうやら、リコシェ秘書官を姉と慕っているようなのです」

「なんと」

目を丸くしているメディレン公に俺は笑いかける。

「ミンシアナは実弟とほとんど面会しませんでした。理由はわかりませんが、ほぼ全ての面会でリコシェ秘書官が影武者として出席しています」

酷薄どころか弟の命まで狙っていたミンシアナと違い、影武者のリコシェは幼いセリンに優しく接していたそうだ。リコシェには故郷に弟妹がおり、幼い子供に冷たくするなどできなかったのだという。

そのため嫡男セリンはリコシェにとても懐いている。

「その後リコシェ秘書官は自分の身元を明かしましたが、セリン殿は幼すぎて事情がよくわからなかったようです。まだ五才ですから、『お姉ちゃんの名前と服装が変わった』ぐらいの認識なのでしょう」

俺の説明にメディレン公は微笑《ほほえ》んだ。

「心温まる話だ。身分や血が違えども姉弟なのだな」

「はい。セリン殿はリコシェ秘書官を今も慕っており、リトレイユ公の目を忍んで交流を続けています」

「ふーむ」

目を閉じてしばし考え込むメディレン公。

「ではリコシェ秘書官に相応の待遇を与えねばな。『姉』がメディレン家で厚遇されていると知れば、セリン殿も好感を持とう。リコシェ秘書官を一代貴族に任じるか」

俺は彼が何を考えているのかわかってしまった。

この世界の君主たちは自らが身元保証人になることで、平民を一代限りの貴族に叙任することが可能だ。

ただし乱立を防ぐため、五王家では帝室のみがその権限を行使するという暗黙の了解がある。

メディレン公が俺を一代貴族に叙任すれば、数百年におよぶ帝国の慣習を破ることになる。明確な反逆行為と受け止められるだろう。

だから俺は苦笑して言う。

「今後は殿下のことを『陛下』とお呼びすべきでしょうか？」

「甘美な響きだな。だがそのための準備が必要だ」

やっぱりこの人、「メディレン王」として帝国東部に君臨するつもりだ。

右を向いても左を向いても悪党しかいないぞ、この国。

メディレン公は表情を引き締める。

「もはや帝室に力はない。それでも帝国の政治は五王家の誰かが担わねばならぬ。私が帝国の新たな屋台骨となろう。クロムベルツ少佐よ、貴官の知謀で私を本当の王にしてくれ」

そう言って彼は俺に頭を下げた。

彼の表情や仕草が半分演技だというのはわかっているのだが、それでもこうやって真摯に頼まれるとグッと来てしまうな。会話の運び方といい、人心掌握が本当に巧《うま》い。

それにメディレン公は帝国で五指に入る実力者だ。その人物から頭を下げられては断れない。

アルツァー准将の顔をちらりと見ると、軽くうなずいている。敬愛する上官殿の裁可も下りたことだし、協力しよう。

「お任せください閣下。帝国よりマシな国を作るためなら、小官は人生を賭して尽力いたします」

真面目に答えたつもりだったが、メディレン公は大笑いした。

「ははは！　確かにな！　どうせ壊すならもっとマシな国にせねばならぬ。良い国を作って子々孫々まで繁栄するとしよう。頼んだぞ、クロムベルツ少佐」

国家的陰謀に首までどっぷり浸《つ》かってしまった……。


【流血海の王】


アルツァー准将とクロムベルツ少佐が退出した後、メディレン公ハーフェンは会議室でしばらく佇《たたず》んでいた。

（帝国よりマシな国、か……）

目を閉じて黙考するハーフェン。

（確かに私が知る帝国は酷《ひど》いものだ。生活に苦しむ民衆に怨嗟《えんさ》が満ち、その矛先が我ら貴族に向けられている。帝室が隣国と戦争を続けているのも、近年では不満を逸《そ》らす意味合いが強い）

窓のない防諜《ぼうちょう》会議室の壁には、精緻な「世界地図」が掛けられている。最盛期の帝国領を中心とする周辺世界だ。数千キラム彼方《かなた》の交易地や、帝室すら所持していない流血海の全容も描かれていた。

それをじっと見つめてハーフェンは考える。

（帝都陥落で貴族の間には動揺が広がっているはずだ。この混迷を逆に好機と為《な》し、メディレン家が歴史の覇者となれば痛快であろうな。不要な戦が止《や》めば、皆が今より豊かに暮らせよう）

メディレン公は極秘書類を取り出す。

書類の表紙には、メディレン家に伝わる秘密の文字で「メディレン王国独立案（帝国分割案）」と書かれている。

メディレン公はその書類を一枚めくり、人事欄の空白部分にこう記した。

――初代宰相、ユイナー・クロムベルツ・メディレン。

「うむ。義理の叔父が転生者というのも面白い」

満足げにうなずいたメディレン公だったが、ふと不安そうな顔になって再びペンを手にした。名前の下に小さく書き加える。

――※本人が受けてくれれば。

第86話　メディレン家の野望

こうしてメディレン家は帝国崩壊のどさくさ紛れで東シュワイデルの覇者を目指すことになった。それもこれも皇帝ペルデン三世が乱世に全く不向きな君主だったからだが、さらに俺たちの予想を上回る続報が飛び込んでくる。

「皇帝が行方不明だと？」

アルツァー准将の呆《あき》れ顔《がお》が凄《すご》い。

俺は帝都から届いたばかりの密書を准将に手渡した。

「帝室紋章官ブレッヘン卿《きょう》からの報告ですので、ほぼ間違いありません。表沙汰にはなっていませんが、帝都は連日の大捜索だとか」

准将はイスの背もたれに体を預け、悩ましげな顔をした。

「理解しがたい状況だ。ブルージュの三公にとって皇帝は重要な人質だ。そう簡単に逃がすとは思えないし、殺害して失踪扱いにするとも思えないな」

実を言うと俺も皇帝の身柄は安泰だろうと思っていたので、少々混乱している。ジヒトベルグ公もミルドール公も、比較的穏健なやり方を好む君主だ。

「ブレッヘン卿の自宅にもジヒトベルグ軍の将校が来て、事情聴取をして帰ったそうです。連中は帝都の下水まで調べているという話でした」

「なりふり構わず、という感じだな。皇帝の失踪を隠蔽したいのであれば悪手だが、皇帝を殺しておいて失踪を装うのなら妥当な行動だ。どう思う？」

確かにそうなのだが、俺は首を横に振る。

「俺なら皇帝を殺しても『失踪』にはしませんね。『病気療養中で面会謝絶』にします」

「確かにその方が死んだまま人質にできて合理的だな。お抱え医師に診断書でも書かせておけば済む」

俺たちの会話、冷静に考えてみるとひどいな。まあいいか。

「そもそも大事な人質を殺さないでしょう。帝都周辺の領主たちを懐柔するにも皇帝の権威は役立ちます。帝室門閥の貴族は帝室の代官という建前ですから、皇帝が領地を返せと言えば逆らえません」

この辺りは大名と旗本の違いみたいなもんで、シュワイデル門閥貴族の誇りでもある。皇帝の命令があれば素直に従うだろうが、そうでないとかなり揉《も》めるだろう。

准将もうなずく。

「確かに皇帝が行方不明では都合が悪いな。わざわざ行方不明にするぐらいなら、一族郎党まとめて公開処刑にする方がまだ理解できる」

そうなんだけど真顔で言わないでほしい。美人だから妙な凄みがある。

俺は軽く咳払《せきばら》いをする。

「行方不明が事実だとすれば、ブルージュ公の差し金かもしれません」

「ブルージュ公が？」

「ブルージュ公国にとっては、帝国の五王家は分裂したままの方が都合がいいでしょう。皇帝を殺して行方不明にしてしまえば、五王家は永遠に現れない皇帝の帰還をただ待つことになります。ジヒトベルグ公やミルドール公は占領統治が進まず、ブルージュ公にとってはむしろ好都合でしょう」

准将は溜息《ためいき》をつく。

「秩序ではなく混乱を目的とするなら良い策だな。死亡が確実なら皇太子をすぐさま即位させられるが、失踪ではそういう訳にもいかない。他に判断材料はないか？」

そういうことなら、この情報が役立つかもしれないな。

「失踪の裏付けを取るためにブレッヘン卿が動いてくれましたが、帝室侍医団の動きが妙です」

「妙というのは？」

「皇帝が存命なら普通は毎日検診しますし、死ねば検死するでしょう。しかしどちらの動きもありません。皇妃など帝室関係者の健康状態は帝室侍医団によって記録されているのですが、皇帝だけ空欄になっているそうです」

アルツァー准将はまた考え込む。

「それは確かに妙だ。断定はできないが、皇帝が本当に失踪した可能性は高まってきたな。皇帝が最後に公の場に現れたのはいつだ？」

俺は書類をめくり、記された情報を准将に伝える。

「帝都陥落当日にジヒトベルグ公と会い、近衛《このえ》師団に停戦を命じたのが最後ですね。停戦は皇帝の本意ではないはずですから、強要されたのか、あるいは偽の勅書でしょうが」

陥落翌日からは動静が伝わらなくなっていたので、いつ失踪したのかわからない。

「三日後に帝都中で大捜索が始まっていますから、このわずかな期間で失踪したことになります」

「やれやれ、どこまでも面倒な皇帝だ」

アルツァー准将は溜息をついた。

「何から何までわからないことだらけだが、それでも対応は決めなければならない。それも今すぐにだ。ハーフェン殿と相談しよう」

「ではお供します」

俺とアルツァー准将はメディレン宗家の本拠地ポルトリーテ港に急行し、メディレン公ハーフェンと緊急会談した。

「皇帝陛下失踪の噂《うわさ》ですが、こちらでも真偽はつかめていません。ハーフェン殿の方ではいかがですか？」

「その私を疑うような目はやめてくれぬか、叔母上。私は潔白です」

露骨に嫌そうな顔をしているメディレン公。

でも五王家の当主たちって、どいつもこいつも陰謀大好きだからなあ……。陰謀に向いていなかった皇帝が捕虜になって失踪しているから、謀略家でないと生き残れないのはわかる。

そんな目でメディレン公を見ていると、視線に気づいた彼は咳払いをした。

「味方から疑われるのは不本意だが、貴官はそれが仕事であったな。実はジヒトベルグ公から密使が来た。『本当に皇帝を匿《かくま》っていないのか』としつこく尋ねられたぞ」

尋ねちゃうのか。ジヒトベルグ公は相変わらず直球勝負だな。

じゃあ真実がどうあれ、ジヒトベルグ公は皇帝の身柄を確保しそこねたと公表した訳だ。ジヒトベルグ公にとっては不都合な「事実」だ。

メディレン公は整えたヒゲを撫《な》でつつ、苦笑まじりに言う。

「ジヒトベルグの若君は皇帝陛下を快くは思っておるまいが、それでも帝室を破壊しようなどとは思っておらぬはず。五王家の『人差し指』、良くも悪くも御曹司であるからな。皇帝陛下の失踪が事実であれば、これは彼らしい対応といえよう」

帝室に次ぐ格式を持つジヒトベルグ家としては、あまり無茶をしたくないということか。

ジヒトベルグ公自身も穏健な政治家だし、ここは信用してもいいだろう。

俺はチラリとメディレン公を見る。

「もちろんメディレン家では匿っていないのですよね？」

「無論だ。匿っていたらやりたい放題だったのだがな。今からでも逃げ込んできてはくれぬものか」

心の底から残念そうに溜息をつくメディレン公。

何するつもりだったんだ。いや、言わなくていい。

「皇太子殿下を含め、帝位継承権を持つ者は全て虜囚になっているようだ。誰が即位しようが新帝はブルージュの傀儡《かいらい》にしかなれぬ」

なんで分散させなかったんだ。馬鹿じゃないのか。

そう思っていたらアルツァー准将が苦笑した。

「では帝室は滅ぶべくして滅んだのですな。うちの参謀もそう申しております」

申してないよ？

メディレン公も苦笑する。

「帝室としては陛下の逝去が確実でなければ、皇太子殿下を即位させることはできまい。何事も格式と前例を重んじる家柄だからな」

俺は呆れて発言する。

「皇帝不在のまま帝都が敵に占領されていては、国としては死んだも同然でしょう」

「さよう。それゆえ、この偉大なる祖国を守るためには五王家の一員としてメディレン家が立たねばならぬ。そういうことになるな、ははは」

うわー悪い。悪い人だ。

だが乱世には必要な悪い人でもある。このプランに乗っかろう。

そうだ、こういうときに言う台詞《せりふ》があったな。俺はニヤリと笑ってみせる。

「御運が開けましたな」

するとメディレン公はフフッと笑った。

「では運が開けた以上、進むしかあるまいな。帝都を奪還するぞ」

そう言ってメディレン公はきびきびと俺に命じる。

「今のブルージュ軍と正面から仕掛けてもブルージュ公は動かず、ジヒトベルグ公たちを使って共倒れを狙うであろう。それゆえ軍略と外交の両面で動く」

妥当な判断だな。ブルージュ公だけが得をする展開は避けなければならない。

「私が外交でブルージュ内部に亀裂を入れるゆえ、クロムベルツ少佐は主に軍略を担当せよ。ブルージュ軍の東進を阻み、反攻からの帝都攻略をちらつかせるのだ。実際には帝都を戦場にはできぬから、あくまでも揺さぶりをかけるためにな」

そう言ってメディレン公は俺に笑いかけてくる。

「私には陸戦が全くわからん。当家の侍従武官も海軍出身者だらけでな。貴官は貴重な陸戦の専門家だ。頼りにしているぞ」

「はっ！」

なるほど、俺を厚遇しているのはそういう理由か。納得しつつ、俺はアルツァー准将に向き直る。

「ということですので、手伝ってもらいますよ」

「それは構わないが、私はお前の直属上官だぞ。頭越しの命令を嬉《うれ》しそうに受けるんじゃない」

微妙に拗《す》ねてるな……。

第87話　皇帝の亡霊

帝国領の東半分を守るために、陸軍を任された俺とアルツァー准将。

たかだか少佐の俺がずいぶんと大きな任務を任されたものだが、それにしても困ったぞ。

とりあえず准将やロズ中尉、それにハンナたち下士長も集めて会議をする。リコシェ書記官も一緒だ。

俺は壁に貼られた地図を示しながら、一同に説明する。

「ブルージュはそれほど豊かな国ではないが、今回は無理して傭兵《ようへい》を雇っている。さらに帝国の第一～第三師団を吸収しているため、総兵力は十万を超えると推定される」

准将がうなずく。

「ずいぶんな大所帯だな」

「ええ、大所帯です。食わせていくのも一苦労ですよ」

戦記物では十万や二十万の大軍がポンポン出てきて壊滅しているが、現代日本の地方都市の人口まるごとだと考えると途方もない数だ。

二十万人の兵士は朝夕に四十万食の兵糧を消費する。そこそこ清潔な水も毎日数十万リットル必要だ。しかも彼らは戦うのが専門で、土木工事は多少やるものの食料生産などはしない。おまけに大荷物を持ってあちこち移動する。

鳥取市や松江市の人が全員徒歩で移動すると考えれば、数日間の行軍計画を立てるだけでも大仕事なのはわかるだろう。

彼らが飢えずに戦えるよう面倒を見るのが俺たち平民将校や下士官の仕事だったので、この大変さはよく理解しているつもりだ。

「もちろん、そんな大軍を一カ所に配置しても占領地を効率的に防衛できません。周辺の食料も食い尽くしてしまうでしょう。適当に分散させています」

そう答えてから俺は一同に地図を示す。

「ブルージュ公にとって信用できるのは自国の兵だけだ。国の規模を考えると、越境してきたのは多くて四万～五万程度と推測される」

近代以前の人口ってびっくりするぐらい少ないので、これでもかなりの大兵力だ。

「ブルージュ兵はおそらく、退路の確保に配置されている。ブルージュ公も帝国領を占領するために東進したいはずだが、隙を見せればミルドール公は即座に裏切るだろう」

ハンナが恐る恐る挙手する。

「でも参謀殿、ミルドール公はそんなに簡単にまた裏切って大丈夫ですか？　帝国を裏切ったばかりなのに、信用なくしちゃいませんか？」

ハンナの疑問はもっともなので、俺はうなずく。

「そういう意味での『信用』なら、最初の裏切りのときに投げ捨てているだろうな。ミルドール家はブルージュに寝返ったのではなく、ジヒトベルグ家と組んで『二王家』として独立したと考えた方がいい。ブルージュ公とは利害が一致して手を組んでいるだけだ」

俺の言葉を受け継いでアルツァー准将が言う。

「そう判断したからこそ、メディレン公ハーフェン殿は両家をブルージュから引き剝がそうと考えたのだ。それで少佐、この両家の兵力はどれぐらいだ？」

「投降した近衛《このえ》師団も含めると、五万～七万というところでしょうか。その気になればブルージュ公の遠征軍を叩《たた》き潰せる兵力です。おそらく、ミルドール公たちの発言力は相応に増しているかと」

「なるほど、ではブルージュ内部は相当ギスギスしているだろうな。そこに我が旅団が楔《くさび》を打ち込む訳だ」

まあそうなんだけど、言うほど簡単じゃない。

「ブルージュ側も寄せ集めですが、こちらも相当な寄せ集めです。第四師団の陸軍全てと海軍陸戦隊の一部、それと第五師団の予備兵力や退役兵を回してもらいます。総勢三万ほどです」

陸軍と海軍陸戦隊では装備も戦術も違うし、指揮系統も違う。同じ陸軍でも、第四師団と第五師団でもまた違う。

これを一本化してひとつの軍隊として動かすには、アルツァー准将をトップとする強力な指揮系統を再編する必要がある。

「この寄せ集め部隊を動かすには准将閣下のお力が不可欠ですが、閣下には指揮経験も軍内部の人脈も不足しています」

「言いたい放題だな。だが事実だ」

アルツァー准将は溜息《ためいき》をつき、制帽を脱いだ。

「認めたくはないが、私は経験の浅い小娘だ。万単位の軍を動かすには将としての器が足りない。三万の兵を動かすために、私はどうすればいい？」

俺はそっけなく答える。

「無理なものは無理ですから、動かせる兵だけ動かしてください。五千か一万ぐらいなら閣下と我々でどうにかできます」

ロズ中尉が腰を浮かせる。

「残りの二万以上の兵はどうするんだ？」

「さっきも言ったように、全軍を一カ所に集めたりはしない。適当に司令官を選んで任せとけばいいだろう。どうせ全軍集めてもブルージュ軍の総兵力の三割ほどだ。勝ち目がない」

そう、勝ち目がない。俺は頭を掻《か》く。

「寄せ集めの上に、寄せ集めても数が足りない。今はなるべく戦いたくない」

「そういうときこそ、敵さんは乗り気で攻め込んでくるもんだろ？」

ロズ中尉が苦笑いをしているが、これは彼が正しい。

「その通りだ。ブルージュ公にせよ『二王家』にせよ、帝国領を切り取るなら今この瞬間しかないことはわかっている。だから少々卑怯《ひきょう》な方法で足止めする」

「おっ、いいな。お前がそう言うときはだいたい、必勝の秘策があるときだからな」

うるさいぞ、おしゃべりロズ。アルツァー准将が興味ありげな顔をしてるじゃないか。

「ほう……昔からそういう感じだったのか？」

「ええ、准将閣下。こいつは無駄に善人だから、自分の立てた策に後ろめたさを感じるんですよ」

やめろって言ってるだろ。

アルツァー准将だけでなく、ハンナ下士長までもが興味津々といった表情をする。

「参謀殿、どんな策なんですか？」

「興味がありますね」

リコシェ秘書官まで。やめろ、そんな期待に満ちた目で俺を見るな。全然大した策じゃないから。単に卑怯なだけだ。

俺は咳払《せきばら》いをする。

「いやあの……噂《うわさ》を流すだけなんだが」

「どんな噂を？」

みんなが俺を見ている。ストレスが凄《すご》い。俺は昔から、誰かの期待を裏切るのが一番怖いんだ。

胃がキリキリしてきたので、俺はもったいぶらずにさっさと白状してしまう。

「実は……」


【解き放たれた狼《おおかみ》】

帝都に近い街道筋の宿で、ブルージュ公の側近は例の老人を詰問していた。

「本当に皇帝は始末したんだろうな？」

灰色の軍服の老人はパイプ煙草《たばこ》に火をつけ、旨《うま》そうに紫煙をくゆらせる。

「始末はしてねえよ。手はず通り、タルザスの森に捨ててきたさ。あそこは崖と沼に囲まれた迷いの森だ。おまけに人狼《じんろう》が出るって噂まであって、地元民も旅人も近寄らねえ」

そう言って老人は楽しげに続ける。

「おかげで狩りの獲物にゃ事欠かないから、皇帝陛下も森の生活を満喫してるだろうぜ。依頼通りだろ？」

「それならいいのだが、最近『皇帝らしい人物を見た』という噂があちこちで流れている」

笑っていた老人はスッと表情を引き締めた。

「あん？　そりゃどういう事だ？」

「聞きたいのはこちらの方だ。間違いなく皇帝はまだあの森にいるのか？」

「あの森を抜ける出口はひとつしかねえ。そこを俺の部下たちが見張ってる。皇帝が出てこないように、そして誰も森に入らないようにな。で、どちらも異状無しだ」

老人の言葉に、ブルージュ公の側近は考え込む様子を見せた。

「それが本当なら、噂は噂ということか……。だが真偽はもはや関係なくなってきている。皇帝が健在だと信じた帝国の軍人や貴族たちはブルージュに屈服するまい。御前はお怒りだ」

「おいおい、そんな政治のややこしい話は俺の知ったこっちゃないぜ。契約範囲外だ」

老人は肩をすくめつつ、安物の甘ったるいワインをちびりと舐《な》めた。

「だがそこは浮世の義理ってヤツだ。少しばかり相談に乗ってやるよ。噂はひとつじゃないんだろ？」

「あ、ああ。最初は早春節の三日に、帝都郊外のスワンソン村で皇帝によく似た人物を見たという噂だ。ここは帝室の保養地だから、村民たちは皇帝の顔を知っている」

男はそう言い、声を潜めて続ける。

「翌日は東のバスゴダーニュ市だ。帝室御用達《ごようたし》の宝石商に、身分の高い客が宝石を売りに来たという噂。決済は皇帝のサインで、ブルージュ公の紋章官が本物だと鑑定している」

老人はニヤニヤ笑って腕組みしている。

「ふん、なるほどな。次はもっと東だろ？」

「そうだ。七日に近衛師団の第一儀仗《ぎじょう》騎兵中隊がバルネダ要塞に入ったという噂。要塞にはそれらしい軍旗が掲げられているそうだ」

第一儀仗騎兵中隊は皇帝の警護を担う選《え》りすぐりの精鋭だ。式典などで皇帝の威厳を演出するためにも不可欠であり、通常は皇帝のいない場所には現れない。

それを聞いた瞬間、老人は大笑いした。

「はははは！　やるじゃねえか、ユイナー！　そりゃ面白い！」

「面白がっている場合か!?」

「いやいや、そりゃできすぎた話だ。『皇帝は帝都を脱出し、態勢を立て直しながら東へ向かっている』って筋書きだろ？　あいつの意図はわかるが、そりゃ見え見えだぜ。サインはおおかた署名入りの白紙委任状の流用で、軍旗は偽物だ」

老人は苦笑してみせるが、ブルージュ公の側近は渋い顔をした。

「そう思っているのはお前だけだ。この噂のせいでシュワイデル門閥の領主どもが勢いづいている。近衛師団の残党も東に移動を始めた」

「なんだそりゃ、どいつもこいつも単純だな」

するとブルージュ公の側近は溜息をつく。

「人は信じたいものを信じるからな。皆が信じたい噂を流せば半信半疑でも食いつくものだ」

「ああ、そりゃ間違いねえ。皇帝を行方不明にして帝国を混乱に陥れようとした策が、まんまと裏目に出ちまった訳だ。なるほど、こりゃユイナーの方が一枚上手か」

老人は少し考え込む様子を見せ、それからすぐにこう言った。

「どうする？　タルザスの森で楽しく暮らしてる皇帝陛下を捕まえてくるか？」

「もう間に合わん。この機に乗じてメディレン公が動き始めている。あの男の懐に飛び込んだ領主や将校は戻ってこないだろう。メディレン公は敏腕の商人だ。軍才はないが人の扱いには長《た》けている」

ブルージュ公の側近はそう言って、すがるような目で老人を見た。

「そこでブルージュ公がお前に新たな依頼をしたいと仰《おっしゃ》っている。実は……」

だが老人は片手を上げてそれを制した。

「おっと、それを聞いちまう訳にはいかねえ。契約を結ぶ気もねえのに話を聞くのは御法度《ごはっと》だ。そうだろ？」

「断るというのか⁉　仕官はどうする⁉」

驚いた顔の側近に、老人はニヤリと笑う。

「いやはや参ったぜ、そんなものに興味があると本気で思ってたのか？　どこの国でも貴族様ってヤツは平民の考えることがわからんようだな」

老人は立ち上がる。

「俺たちはもう十分稼がせてもらった。故郷に帰って孫のオムツでも替えながらのんびり暮らすさ。ブルージュ公に伝えとけ。戦争ぐらい自分でやれ、とな」

「お、おい!?」

呼び止める声に振り向きもせず、老人は客室を出る。

廊下には彼の部下である山岳猟兵たちが数名たむろしていた。

「孫なんかいたんですか、団長？」

「いる訳ねえだろ。俺は優雅な独り者さ」

老人が笑いながら歩き出すと、山岳猟兵たちもスッと後ろに続いた。

「それでどうします？」

「皇帝が森でくたばってたことは誰にも言うな。扱いを間違えれば俺たちの命が危ない。だが切り札にもなる。皇帝の宝飾品は危なくて換金できねえから俺が預かっておく」

自由の身となった老人は、軽快に歩みながら楽しげにつぶやいた。

「ユイナーのおかげでますます楽しくなってきやがった。さて、次は何をしてくれるんだ？」

書き下ろし番外編

番外編 湯煙の参謀

俺たちはブルージュ傭兵《ようへい》の山岳猟兵の追撃をなんとか振り切り、一人の脱落者もなくエオベニア領に脱出した。

というと聞こえはいいのだが、無許可で軍を越境させているので大変にまずいことをしている。

「エオベニア王に知れたら厄介だぞ。うっ、いてて……」

そう言いながら、ロズは脚をさすっているようだ。過去にブルージュ軍と戦って脚に後遺症を負ったロズは、もう全力で走ることができない。山道を歩くのも体力の消耗が激しいようだ。

しかも今歩いている山道は非常に険しいので、俺が背負子《しょいこ》でおんぶして運んでいる。他に男手がいないからだ。同期のよしみでもある。

たまにハンナが代わってくれるが、ロズが気まずいだろうからなるべく俺が背負っている。

ライラが作ってくれた猟師の杖《つえ》で漕《こ》ぐように山道を進みながら、俺は応える。

「越境を恐れているのはブルージュ軍も同じだからな。エオベニアは同じフィルニア教安息派だが、別に同盟国でも友好国でもない。帝国が弱り切っている今、攻め込む口実を与えたら間違いなく外交問題になる」

一気にしゃべったら息が切れた。今世の肉体は前世よりだいぶタフだが、それでもちょっと厳しい。

するとロズは呆《あき》れたように言う。

「そこまでわかっておきながら越境する作戦を立てるとは、さすがは士官学校始まって以来の問題児だよ。教官たちが手を焼く訳だ」

「えっ、そうなんですか⁉」

すごい勢いでハンナが食いついてきた。またこの流れか。

ロズはぺらぺらしゃべり出す。

「そうなんだよ。こいつの作戦はどれも思い切りが良すぎてな。どでかい危険を承知の上で、慎重に計画を立ててるんだ。士官学校は基本を教えるところだから、教官連中は渋い顔さ。でもそんなところが同期のヤツらにはまぶしく」

「俺の過去を暴露するヤツは背中に置いておけんな」

すかさず釘《くぎ》を刺しておく。お客さん、困りますよ。

背中のロズが苦笑しているようだ。

「すまんすまん、お前と一緒だとついはしゃいでしまうのさ」

「全くお前は……」

ロズは俺の扱いが巧《うま》いなあ。べ、別に嬉《うれ》しくなんかないんだからね。

背後で旅団の子たちがヒソヒソ話をしているのが聞こえる。

「参謀殿とシュタイアー中尉殿の会話、いいよね……」

「いい。尊い」

「片方が既婚の愛妻家ってのがまた尊いんだよね」

「わかる。この光景を見ながらだと無限に歩ける」

なんなんだ君たちは。俺には全然わからんぞ。

でもまあ、兵の士気が上がるのなら拒む理由もないか……。

そう、兵の士気は参謀としてかなり気になるところだ。

あの爺《じい》さんが率いる山岳猟兵たちに追撃されて、俺たちはかなり疲れている。ただの登山と違い、武器弾薬という余計な荷物を持ち、敵と戦いながら行軍してきた。おかげでろくすっぽ休息が取れていない。

そこにアルツァー准将が馬を牽《ひ》きながらやってくる。さすがにここで騎乗は無理だ。

「ちょうどいいところに二人いるな。ハンナ、すまないが轡《くつわ》を頼む」

「はい！」

愛馬をハンナに任せた准将は、俺の横を歩きながら小さな声で言う。

「皆の疲れが大きいように感じる。……この辺りの兵は違うようだが」

あ、それは気にしないでください。俺もよくわからないので。

「ともあれ、皆をどこかで休ませたい。良い場所はないか？」

「そうですね。補給地点はいくつか選定しています」

エオベニアとの国境になっている山脈を縦走するコースは、行軍の時間も労力もバカにならないので補給と休息が必要になる。

「ここから一番近い場所だと、パイロイという村があります。湯治場として知られた名所で、長期滞在用の宿場もあります」

「うってつけだな」

そう言ったアルツァー准将だったが、すぐに溜息《ためいき》をつく。

「エオベニア領であるということを除けば、だが」

「そうなんですよ……」

小さな湯治場に二百人ほどの兵士がやってきたら嫌でも目立つ。しかも隣国の兵士たちだ。大騒ぎになるだろう。

「あくまでも物資補給のためにこっそり立ち寄るぐらいの場所ですから、皆を温泉に浸《つ》からせる予定はありませんでした」

「そうだな。やはり無理があるか」

アルツァー准将が残念そうに言ったとき、背中のロズが口を挟んできた。

「閣下。そういう無理を何とかしてくれる男を、小官は一人だけ知っております」

「ほう」

「小官の下にいるのがそうです」

「なるほど」

おいやめろ。勝手に流れを変えるな。

するとロズが真面目な口調でこう言う。

「ユイナー、無理は承知であの子たちを休ませてやってくれないか？　お前も経験はあるだろうが、長い行軍ではある時点から急に脱落者が増える」

「ああ、わかる」

初日に疲労で倒れるヤツはまずいないが、数日目からみんな心身の調子が悪くなってくる。脱走兵も増える。みんな生身の人間だから、体力や忍耐の限界は同じようなものだ。

ロズはさらに言う。

「見たところ、そろそろ来るぞ」

「お前もそう思うか」

一番体力のないグループが限界に達した時点で、全体の行軍速度がガクンと落ちる。

もちろん他の子たちが肩を貸したりして助けるが、今度はその子たちが消耗していく。

こうして部隊全体に疲労が蓄積し、全員が体調不良者になる。こうなってしまうと終わりだ。戦うどころではなくなる。

俺はアルツァー准将に声をかけた。

「閣下。過去の行軍演習の結果から推測して、今日明日ぐらいは持ちこたえてくれると思います。ですがそこから先はわかりません」

「メディレン領に入れば休める場所はいくらでもあるが、かなりギリギリの日数だな……」

アルツァー准将は考えている様子だ。こういうとき、決断するのはいつだって司令官だ。参謀ではない。

「天候不順のひとつでもあれば事態は急変する。山には人間の事情など関係ないし、交渉も通用しない。交渉が通用するのは同じ人間だけだ。そうだな、少佐？」

「おっしゃるとおりです」

俺は内心で溜息をつきつつも、その方がいいだろうなとも思っていた。山を甘く見てはいけない。遭難すれば全滅もありえる。

それならまだ外交問題になった方がマシだろう。どうせ帝国はもう滅びる。

「では今日は早めに野営しましょう。その間に計画を立てます」

すかさずロズが兵士たちに声をかけた。

「おいみんな、聞いたか？　ユイナーが近くの温泉に連れてってくれるそうだぞ。もう少しだけ頑張れるか？」

その瞬間、みんなが明るい声をあげる。

「えっ!?」

「ほんとですか！」

「やったーっ！」

「参謀殿、ありがとうございます！」

「温泉であったまりたーい！」

まだ計画も立てていないっていうのに、なんてことしてくれるんだお前は。

するとロズは背負子から降りて、俺の肩をポンと叩《たた》く。

「これで湯治場までは誰も脱落せずに行けるぞ」

「ありがとよ……」

理解のある友人を持って嬉しいなあ。

後でひどい目に遭わせてやるから覚悟しとけよ。


俺はその夜、パイロイという異国の村についての情報を整理した。

テントの外では「おんせん♪　おんっせんっ♪」という声が聞こえてくるが、聞こえないふりをする。期待されたら応えたくなっちゃうじゃないか。ああくそ、ロズの野郎。

パイロイは国境地帯の町だが、エオベニア領に侵攻するルートとして論じられたことは一度もない。本国からの補給がままならないからだ。逆にエオベニア軍は周辺の都市を補給拠点にして好きなだけ迎撃できるので、ここを橋頭堡《きょうとうほ》にした侵攻演習は勝率0％。つまり軍事的には無価値な町だ。

「となると、多少の融通は利くかもしれないな……」

俺は寝転がってつぶやきつつ、さらに考える。

パイロイみたいな小さな村にはエオベニア軍も駐留していない。領主も不在だ。ここの領主は他にもいくつかの村を持っており、有力農民である村長が代官に任じられている。

要するにエオベニアの軍人や貴族に知られずに何とかすることができる訳で、村長さえ攻略できれば温泉に浸からせてもらえるだろう。

村長がどんな人かはさすがにわからないが、旅楽師だったラーニャに聞いたら「良い噂《うわさ》も悪い噂も聞いたことがありません」との話だった。普通の人らしい。

「だったら……」

俺は寝返りをうって思考を巡らせる。

「なんとかなるかもしれないな」

頭の中で急速に計画が固まり始めていた。


俺の立てた計画はアルツァー准将によって無事に採用され、さっそく実行に移されることになった。

言い出しっぺの俺が矢面に立たされ、護衛の歩兵二人と共に先遣隊としてパイロイ村へと送り込まれる。ハンナも来てくれた。

村人たちには軍服の説得力は絶大で、すぐに村長の屋敷を案内してもらえた。大きな宿屋を経営しているそうで、なかなか立派なお屋敷だ。

「ほほう、メディレン家の女性衛士隊ですか。道理で見慣れない軍服だと思いました」

「はい、演習の帰りに道に迷ってしまい、気づけばエオベニア領に入ってしまいました。演習教官として恥ずかしい話です」

俺は村長相手にぺらぺらと嘘《うそ》を並べ立てる。

エオベニア語はシュワイデル語とほとんど同じなので、いくつかの単語にさえ気をつけていれば問題なく意思疎通できた。

「昨今は情勢が不安定なので、メディレン家の奥方やお嬢様方をお守りする我々も訓練に励んでいるのですよ。ただ少しばかり張り切りすぎました」

苦笑して頭を掻《か》いてみせる。もちろん全部大嘘だ。

シュワイデルの正規軍なら外交問題になりかねないが、メディィレン家の私兵と名乗っておけばエオベニア王とメディィレン公の間で話をつけられる。メディィレン公はアルツァー准将の甥《おい》だ。なんとかしてくれるだろう。

パイロイの村長は俺に白湯《さゆ》を勧めながら、少し考え込む様子を見せた。

「メディィレン公には何かと便宜を図って頂いておりますので、歓迎いたしますよ。帝国領に迷い込んだ旅人を保護してもらったり、山賊を退治してもらったりね」

「はい、メディィレン公にお仕えしていることを誇りに思います」

仕えてないけどね。

もちろんタダで受け入れてもらえるとは思っていないので、俺はそっと金貨の小袋を差し出す。数十万円相当の金額だ。

「こちらの不手際で御迷惑をおかけすることになりますので、これは気持ちです。正規のお支払いは後日改めて」

「おお、いやいや。これはこれは……」

ササッと持っていかれた。抜け目がないおっさんだな。

どうやらすんなり話が通りそうなので俺は安堵《あんど》しかけたが、村長は旅団の子たちをじろじろ見ている。

経験上、これはスケベなことを考えている目だな。ハンナの胸に視線が釘付けになっているのが、また大変良くない。

「よく見ると、みなさん可憐《かれん》なお嬢さんですな」

ほらきた。

シュワイデルの一般男性は軍装の女性にあまり興味を示さないことが多いが、それでも例外はいる。このおっさんも例外らしい。あるいはエオベニア人は違うのかもしれない。

俺はさりげなく警戒線を張る。

「ありがとうございます。皆、女性であることを捨てて兵士たらんと励んでいる者たちです」

礼は言いつつ、「色目は使うなよ」と釘を刺す。そういうのはうちの旅団の子たちが一番嫌がる。俺も一番気をつけているところだ。

さすがに領主から代官を任されているだけあって、村長はすぐに察した。軽く咳払《せきばら》いをする。

「おほん、実に立派な御婦人がたです。尊敬に値しますな。手厚く歓迎いたしましょう」

「ありがとうございます」

ちょっと不安な展開だな……。


ともあれ俺はハンナたちを報告のために帰し、一人で残って村長と協議を行う。

宿の手配もそうだが、できれば温泉に入れてあげたい。

「村長殿、ここの温泉は天下の名湯だと帝国でも評判です」

「おお、それは光栄ですな。そうなんですよ、打ち身、くじき、関節痛、頭痛に胃痛、肌荒れと、何にでもよく効きます」

どこまで本当かは怪しいものだが、お湯に浸かって体を温めるだけでも軽い不調なら治ってしまうものだ。

　村長は嬉しそうにこう続ける。

「もちろん、衛士の皆様方にも湯治場を開放いたしますよ。他の客とは分けて入れるよう、温泉のひとつを貸し切りにいたしましょう」

「それは助かります」

　なんだか裏があるような気がするんだが。

　案の定、村長は急に歯切れが悪くなった。

「それで……その、あれですな。何か問題が起きては困りますので、私も御一緒に……」

　混浴かよ。このエロ親父《おやじ》め。

　俺は呆れてしまったが、ここで交渉決裂すると非常にまずいことになる。なんせ領主に通報されるだけで俺たちは身柄を拘束されかねない。

　しかし俺の一存では何も決められない。参謀には何の決定権もないのだ。

「それは上官の許可を頂いてからでないと返答いたしかねます」

「隊長さんのことですか。それは男の人ですかな？」

「女性です」

　渋い顔をする村長。自分が無理を言っている自覚はあるようだ。

「教官さん、何とかなりませんか」

「小官は他師団から派遣された教官に過ぎませんので……」

などと嘘をついて逃れようとするが、村長はしつこい。

「いやね、湯治場の客なんて老人ばっかりなんですよ。若くて健康な娘さんが大勢来るなんて、たぶんもう二度とないと思うんです」

そんなこと知らん。

「妻に先立たれて早十年余、女遊びもせず黙々とパイロイの発展に尽くし、息子たちを育て上げた私にも、何か少しぐらいは彩りがあっても良いとは思いませんか？」

知らないってば。

とはいえ、これ以上つれなくすると何を言い出すかわからないな。この村の全てを取り仕切っている人物だ。

俺は根負けしたように溜息をついた。

「わかりました。ですが兵卒では村長殿に失礼でしょう。将校二名をお側《そば》にお付けしますので、その者たちとなら入浴できます」

「おお、それはありがたい！」

よし、勝った。


パイロイには何カ所か温泉が湧いており、そこから湯を引いて浴場を設けている。

そのひとつに村長の声が響き渡る。

「あんまりじゃないですか！」

俺は温泉に肩まで浸かりつつ、村長をなだめた。

「お約束通り、将校二名との入浴ですよ。なあロズ？」

約束は果たしたというのに、村長は俺に抗議する。

「二人とも男じゃないですか!?」

「女性将校とは一言も言っていませんが」

少し離れた場所では、ロズが呆れた顔をして無言で脚を揉《も》んでいる。後遺症に効くといいな。

俺は浴場の仕切り壁を叩いた。

「この向こう側では、百人以上の若い女性が入浴中です。それで満足して頂ければ」

「いや、何にも見えないじゃないですか!?」

「見えないように壁を作られたのでは？」

俺たちがいるのは壁で仕切られた少人数向けの浴槽だ。

こっちの世界では混浴が当たり前なので、この仕切りは男女別というよりはグループ別に入浴を楽しむためのものだろう。中にはいかがわしい目的に使う者もいる。らしい。

村長としては何かを期待していたのだろうが、単純に隔離しただけなので悪く思わないでほしい。

壁の向こうからは女の子たちの楽しそうな声が聞こえてくる。

「うっはー！　ひろーい！」

「これ全部お湯なの!?　本当にお湯が出てくる泉なんだ!?」

「早くおいでよ！　気持ちいいよ～……とろける～」

「こら、浮かぶな！　狭くなるでしょ！」

めちゃくちゃ楽しんでくれてるようで参謀は嬉しいです。こういう作戦計画ならいくらでも立てたい。平和が一番だ。

しかし賑《にぎ》やかだな。緊張が一気に解けたせいで、ちょっと規律が乱れているように感じる。

「あっハンナちゃん来た……って、おっぱいデカッ!?」

「そんなにじろじろ見られると、ちょっと照れちゃうな」

「揉ませてください！　お願いします！」

「なんで!?」

何をやってるんだ、あの子たちは。

だがもちろん、このままだと村長に恨まれるだけだ。俺は真面目な口調で語りかける。

「我が隊の女性衛士たちはみんな、普通の暮らしができなかった者たちです。夫や父親の暴力に耐えかねて逃げた者もいますし、戦争や疫病で故郷を失った者もいます」

普通に暮らせるのなら銃なんか持ちたくないというのが、この世界の一般的な女性だ。

「今の世の中で庇護《ひご》者のいない女性がどういう苦労をするかは、小官よりも村長殿の方がお詳しいのではありませんか？」

「それは……まあ」

村長は落ち着きを取り戻し、温泉で顔をバシャリと洗う。

「つまり教官さんは、あの子たちにそういう苦労は二度とさせたくないと？」

「はい。若い娘というだけで常に身辺を警戒せねばなりません。口に出すのもはばかられるような災難に遭った者もいます。自分の所属する部隊ぐらいは、安心できる場所であってほしい」

俺がそう言うと、村長はまじまじと俺の顔を見た。

「あんた、若いのに立派な人だね。貴族将校じゃないんだろう？」

「ええ、路上育ちの平民ですよ。こんな素敵な村に生まれていれば、軍人になどならずに済んだのですが」

「ははは、そうかね。まんまと騙《だま》されたが、まあこういうのもいいか……」

なんとなく仲良くなれた気がする。裸の付き合いというのは良いものだな。

そう思っていると、仕切り壁の上にぴょこりと女性兵士の顔が見えた。

「あっ、いたいた！　参謀殿いたよ！」

「えっ、マジ!?　見たい！」

ばしゃばしゃとお湯を蹴る音が聞こえてきて、壁の上からにゅっと別の顔が出てくる。

「うわ、参謀殿も裸じゃん！　やった！」

「みんなー！　参謀殿の裸が見られるよ！」

キャーッという歓声が響き、あっという間に十人ぐらいが顔を覗《のぞ》かせた。

俺は慌てて前を隠す。

「おい待て、何をしている!?」

「はっ！　参謀殿の鍛え抜かれた裸身を拝見したく思いまして！」

「敬礼するな！　見えるだろ！」

「何がですか？」

もしかしてこの壁、あまり高くない？　こっち側からだと頭の高さなんだが、あっち側からだと腰の高さぐらいしかないようだ。普通は逆だろ。

「村長殿、この壁は……」

俺は振り返ったが、村長は実に楽しそうに微笑《ほほえ》んでいた。

「まあこういうのもいいか……」

さっきと同じこと言ってるのに意味が正反対になってるぞ、おい。

ロズはというと、いつの間にかいなくなっていた。後で奥さんに叱られるのが怖いんだろう。賢明な判断だな、裏切り者め。

「参謀殿、すごい筋肉ですね！　肩とかすごい！　うわーエロい！　エロいな！」

人の体を見てエロエロ言うんじゃない。男性相手でもセクハラはあるからな。そういうのやめろ。

「腹筋もバッキバキですね。もしかしてその下も？」

「最低なことを言いながらじろじろ見るんじゃない」

「いいじゃないですか、減るもんじゃないですし」

何も良くない。参謀は怒ったぞ。後で道徳の特別講義だ。

「参謀殿も古傷が結構あるんですね。ほら私も同じとこに傷ありますよ。おそろい！」

見せなくていい。

戦場で負った傷痕を気にしてる子は多いが、全く気にしていない子も案外多い。普通に生きてるだけでも生傷だらけになるからな、この世界。

そんな彼女たちの視線は村長にも向けられた。

「あっ、村長さんだ！　温泉ありがとうございます！　すごく気持ちいいです！」

「お、おお。そうかね！　うん、そいつは良かった」

にこにこしている村長を見て、女性兵士たちは安心できる相手だと判断したらしい。

「村長さんもいい体してますね！　カッコイイ！」

「イケオジだよね！」

「ははは……いやあ、こりゃ参ったなあ」

顔がにやけっぱなしの村長。良かったね、御期待通りの展開になって……。俺の苦労は何だったんだ。

とはいえ、こっちをじろじろ見ている不埒者《ふらちもの》は十名ほどだ。ほとんどの女性兵士はおとなしく入浴しているから、俺の苦労も意味があったんだと思いたい。

「ねえねえ参謀殿、ちょっと立ち上がってみませんか？」

「お前たち、後で宿舎の周りを駆け足二十周な」

「立ち上がってくれたら三十周します！」

そういうのじゃないから。後で絶対にアルツァー准将に言いつけてやるぞ。彼女は貴族だから、平民用の浴場には来ていないはずだ。

こいつらの顔を覚えておこうと思って端から順番に見ていると、ここにいるはずのない顔があった。

「閣下⁉」

ぴょこんと顔が引っ込むが、もちろん俺は許さない。

「閣下も駆け足二十周です。いいですね？」

「わ……わかった」

こうして俺は帝国史上たぶん初の「准将に懲罰を与えた参謀」になってしまった。

あんまりみっともないので、この件は公式には記録されていない。

あとがき

突然ですが、糸目キャラっていいと思いませんか。思いますよね。この引き金は軽いぞ。……ありがとうございます、賛同して戴けたようで大変嬉しいです。

糸目キャラというと、穏やかなお人好しキャラからサイコパスな腹黒キャラまで幅広くカバーしている印象ですが、いずれにしてもだいたい三番手ぐらいの脇役が多い気がします。たまに主人公だったりしますけど。

本作でもリトレイユ公ミンシアナは三番手ぐらいの脇役ヒロイン……というか悪役として登場していましたが、無事にクランクアップを迎えました。

私は作者として登場人物の誰にも同情しないように留意していますが（戦記物を書くときはそうである方が良いと思っています）、それでもお気に入りの人物たちはいます。ミンシアナもそうでしたので、やはり退場は寂しいです。

しかし彼女の後半生全てを本編で書けて嬉しかったですし、正統派悪役として完全燃焼できたとも思っています。

悪役が不気味に輝かなければ主人公だって輝けませんから、そういう意味では本作はミンシアナに支えられていたのでしょう。誰もあなたを愛さないでしょうが、私はあなたのことが好きでした。お疲れ様でした。

そんなミンシアナの最後の輝きを、イラスト担当のｓａｋｉｙａｍａｍａ様に描いて戴きました。とても素敵でした。ありがとうございます。

また担当編集の松居様には今回も大変お世話になりました。書籍化作業が毎回滞りなく進むのも松居様のおかげです。ありがとうございます。


本作はＰＡＳＨ！コミックス様でコミカライズされていますが、漫画版を担当して戴いている飛鳥あると先生が本当に凄くて毎回驚かされています。

もはや原作よりも原作らしいと言うしかなく、漫画という媒体の力強さと飛鳥先生の圧倒的な実力にただただ感謝するしかありません。ありがとうございます。

漫画版の二巻が本書と同時発売になっていますので、こちらもぜひ御一読ください。原作ファンの方なら、必ずや満足して戴けると確信しています。


もちろん原作も負けていられませんので、すぐにでも四巻を……と言いたいところですが、この素敵な漫画版と一緒に歩んでいきたいのでしばらくお待ちください。

ミンシアナの遺した傷痕によって、急速に崩壊していく帝国。

落日の光の中で輝くのは、死神の大鎌か。

それではまた、四巻でお会いしましょう。

PB Fiore
僕は一生君しか愛せない。
絶対に君を手放さないよ。
恋に不慣れな天才令嬢と
長年の恋を実らせたい王子の
ロマンチックラブ第3巻♡
［王太子に婚約破棄されたので、
もうバカのふりはやめようと思います3］
［著］狭山ひびき　［イラスト］硝音あや
PASH UP! 公式サイト
URL https://pash-up.jp/
PASH UP!ブックス 公式サイト
URL https://pashbooks.jp/

PB Fiore
「この肉、癒やされる」
……って、どういうこと!?
寒がり白蛇皇帝陛下と
やわらか少女が溶け合う
中華風ラブファンタジー
『皇帝陛下のあたため係』
[著]森 湖春　[イラスト]Matsuki
マンガもラノベも
アニメ誌も!
PASH UP!

絶望では終われない！
私の命を捧げる――。
大好評連載中！

ありえない現実…
あなたの未来を
許さない
[原作]Syousa [イラスト]倫理きよ [キャラクター原案]jimao
コミカライズはPASH UP!で

マスケットガールズ！
MUSKET GIRLS!
転生参謀と戦列乙女たち
漫画 comic・飛鳥あると 原作 story・漂月
キャラクター原案 character・sakiyamama
進軍開始っ!!!!
大好評連載中！

銃弾に貴賤ナシ！
戦列乙女の
コミカライズはPASH UP!で

この本を読んでのご意見・ご感想・ファンレターをお待ちしております。
〈宛先〉　〒104-8357　東京都中央区京橋 3-5-7
（株）主婦と生活社　PASH! ブックス編集部
「漂月先生」係
※本書は「小説家になろう」（https://syosetu.com）に掲載されていたものを、改稿のうえ書籍化したものです。
※この作品はフィクションであり、実在の人物・団体・法律・事件などとは一切関係ありません。

PASH! ブックス

マスケットガールズ！～転生参謀と戦列乙女たち～3

2023年12月30日　1刷発行

著　者	漂月
イラスト	sakiyamama
編集人	山口純平
発行人	倉次辰男
発行所	株式会社主婦と生活社 〒104-8357　東京都中央区京橋 3-5-7 03-3563-5315（編集） 03-3563-5121（販売） 03-3563-5125（生産） ホームページ　https://www.shufu.co.jp
製版所	株式会社二葉企画
印刷所	大日本印刷株式会社
製本所	下津製本株式会社
デザイン	Pic/kel
編集	松居 雅

　ISBN978-4-391-16113-7